素敵な日本人 東野圭吾短編集

第十年的情人节

〔日〕东野圭吾 著

朱田云 译

人民文学出版社
PEOPLE'S LITERATURE PUBLISHING HOUSE

著作权合同登记号　图字 01-2017-6224

图书在版编目(CIP)数据

第十年的情人节 /(日)东野圭吾著;朱田云译.
—北京:人民文学出版社,2017(2023.1 重印)
ISBN 978-7-02-013331-4

Ⅰ. ①第…　Ⅱ. ①东…　②朱…　Ⅲ. ①短篇小说-小说集-日本-现代　Ⅳ. ①I313.45

中国版本图书馆 CIP 数据核字(2017)第 221690 号

责任编辑:**朱卫净　陶媛媛**
装帧设计:**钱　珺**

出版发行　**人民文学出版社**
社　　址　**北京市朝内大街 166 号**
邮政编码　**100705**

印　　制　**凸版艺彩(东莞)印刷有限公司**
经　　销　**全国新华书店等**

字　　数　**112 千字**
开　　本　**890 毫米×1240 毫米　1/32**
印　　张　**9**
版　　次　**2017 年 10 月北京第 1 版**
印　　次　**2023 年 1 月第 5 次印刷**

书　　号　**978-7-02-013331-4**
定　　价　**79.00 元**

如有印装质量问题,请与本社图书销售中心调换。电话:010-65233595

东野圭吾　作品

目录

Contents

正月的决意

第十年的情人节

1

墨，已经磨了很久。六张榻榻米大小的房间里，只有墨与砚台的摩擦声。隔壁房间不再传来声音。刚才，康代还在装饰神架，看样子现在应该已经弄好。

墨汁的颜色已变得十分浓稠饱满，达之这才停手，把墨搁在一边，然后握起笔来。他一边用笔尖蘸墨汁，一边轻轻闭上眼。他早已想好要写的字。

做完一个深呼吸，达之睁开眼，看着白色的宣纸。他挺直背脊，将笔尖靠近纸面。

稍作蓄势然后一气呵成，达之写下一个由两个汉字组成的词，接着放下毛笔，眺望远方。

回过神来再看那两个字，达之自认写得还不错，毕竟是书道二段，对毛笔字很有自信。他暗自为自己叫好，然后开始收拾工具。

与此同时，康代正在隔壁房间从箱子里拿出供奉神灵用酒的酒盅。矮桌上已经放着两只酒杯，还有一个写着“屠苏”二字的袋子。

屠苏散中一般含有红花、浜防风、北沙参、苍术、陈皮、桔梗、丁香、山椒、茴香、甘草、桂皮等草药，将其融入酒中，就成了屠苏酒。

年初一写毛笔字饮屠苏酒，是前岛家的习惯。孩子们一个个有了自己的家之后，这里只剩下他们夫妻俩，但新年的习惯依然没变。

“写得怎么样？”康代问。

“嗯，很不错，过会儿给你看。”

康代微笑着表示很期待。

达之看了一眼墙上的挂钟，马上就要到早上六点了。

“差不多该出门了吧？”

“是啊。”

“穿厚一点儿哦，天气预报说元旦会很冷。”

“好。”

穿戴好之后，两人来到屋外。周围还很暗，空气冷冽，只能把脖子缩在围巾里。康代身上裹着一件旧大衣，手肘处全起了球。

两人前往附近的神社。因为总觉得年初一只要参拜一下本地的守护神就够了，所以已经好几年没去那些所谓的知名神社。

从家到神社，几乎是一条直道。一路上完全没有别的行人。一来是因为时间太早，二来是因为去本地神社参拜的人本来就在逐年减少。因此，神社里举行的祭祀活动也越来越冷清。其实地方上任何场所的活力都在有减无增。

两人的眼前出现神社的鸟居，但因为没有路灯，前路有些昏暗难辨。

两人走上石阶，穿过鸟居，来到正殿。一路走的都是碎石子路。

“呀！”康代突然叫了一声，“那是什么？”

“什么？”

“就在那儿，功德箱前面。”

达之朝康代所指的方向看去，这才发现地上好像“放着”什么“东西”。

走近一看才知道那不是“东西”，而是人；不是“放着”，而是倒地不起。

“是喝醉了吗？”

“也许吧。”

两人惴惴不安地走近那个人，发现倒在地上的是个男人。奇怪的是，这个男人上身穿着驼色长袖衫，下身穿着秋裤，而且没穿鞋。

“啊！”康代不由得叫了起来，“这个人……这个人……”

“嗯？”达之仔细端详男人的脸。这个男人看上去至少七十过半，个子很瘦小。

“啊！”这一次轮到达之惊得合不拢嘴。

倒在地上的，正是此镇的镇长。

2

最早赶到现场的是两名正在附近警亭值班的年轻警官。没过多久，救护车也赶到现场，救护人员用担架将镇长抬走。达之向警官和救护人员做了相同的说明——自己和妻子本打算今天年初一来神社做新年第一拜，却意外地见到镇长倒在功德箱前，除此之外自己一无所知。但警方和急救人员都问了他相同的问题：为何“遗体”只穿着内衣？对此，达之只能回答，自己毫无头绪。

也许是听到了骚乱，神社的宫司走了过来。此人面色微黑，比起其身上的宫司服饰，似乎更适合穿高尔夫球衫。

年轻的警官向宫司说明情况。

“啊？我们这里居然会发生这种事？”宫司瞪大了眼，看向正殿。

很快，好几辆警车开到了现场，这时已聚拢了不少围观群众。警官们在鸟居前拉起警戒线，禁止无关人员进入其中。

围观群众中发出阵阵不满。

“搞什么，这还让人怎么做新年参拜？”

“警察不讲道理！”

“哼！”宫司从鼻子里发出不满的声音，“一个个说得好听！本来就没打算在我们神社参拜。而且，就算来参拜，也不会投钱进功德箱。”

达之盯着宫司，两人四目相对。宫司想了想该如何圆场，然后点点头说：“有心、有信之人日益减少嘛，实在让人头疼。”

达之不知该怎么回应他，只能暧昧地“嗯”了一声。

一个穿着西装的高个子男人走近达之夫妇。

“你们就是第一发现人？”

“是的。”

高个子男人询问达之夫妇的姓名、住所、联系方式等，达之都一一如实作答。高个子自报家门，说自己姓熊仓。从其举手投足来看，应该是警队里的负责人。达之也确实听到有人叫他“科长”。

科长也询问了达之发现现场时的情况，达之只能又一次重复同样的回答。听完达之的回答后，熊仓又问：“为何只穿着内衣？”

达之歪着脑袋表示自己也不得而知，其实他已经被问得有点儿来气了。他朝周围看去，却发现警察们似乎并没在用心搜查，一个个都满脸的不情不愿，感觉像是接到命令没办法才来的，但来了也只是做做样子。其中有人脸红红的，不停地打着哈欠，估计是除夕夜的酒还没醒就被叫来干活；还有不务“正业”地对着正殿合掌拍手的，那拍手的声音特别清脆、响亮。

站在达之身旁的宫司低声抱怨道：“真心想拜，就该投钱。”

这时，熊仓说了声“抱歉”，从口袋里掏出手机。有人打电话给他。

“是我……哦，是吗？太好了！……啊？什么？……啊？！搞什么！怎么回事？……哎哟，怎么那么麻烦！医生怎么说？要是那样的话，可就不归我们管了。真是的，新年第一天……哦，知道了。总之先让鉴证科去看看。”

熊仓把手机放回口袋，叫了声：“铃木！来一下！”刚才还在拍手参拜的刑警跑了过来。

“镇长醒过来了。”

“是吗？那不是挺好？我们可以收队了？”

“还不行，据说他失忆了。”

“啊？”

“他说完全想不起发生了什么，只记得和老家的支持者们一起在居酒屋里喝酒，之后就脑中一片空白。总之，你先去那家居酒屋查查。”

“失忆？”

“好像是这样。而且还有件麻烦事儿。”熊仓皱着眉头，却完全没有降低说话的音量，以至于达之等人全都听到了他与铃木的对话，“据说他的头部遭到过重击。”熊仓一边说一边轻轻地敲了敲自己的后脑勺。

“啊？不是自己摔的？”

熊仓皱着眉头摇摇头：“他的头部有被钝器击打过的痕迹，医生断言是被钝器打的，而且非常用力，头骨都裂了。”

“天啊！”铃木刑警一副快要哭出来的表情，“难道是杀人未遂？——年初一就赶上这种案子！我本来还想去滑雪呢。”

“我也早就预约了温泉旅馆！总之，事已至此，只能听警察署长的命令行事。快去联系吧！”

“啊？”铃木刑警来了一个到现在为止最夸张的反应，“年初一就给人打这种电话？肯定会被骂死的。”

“那你说，还能有什么办法？要不要求助总局只能由署长说了算。暂时会按杀人未遂事件处理，但弄得不好，还要成立搜查总部。”

“我可不想有什么搜查总部。”铃木刑警一脸无奈地掏出了手机。

3

“两位再好好想想：到神社之前，有没有和谁擦肩而过？按理说肯定会有的。”熊仓重复问着同样的问题。

达之也只能重复同样的回答：“我们没和任何人擦肩而过。从家走到神社，一路上没遇到任何人。”

“但根据医院方面的消息，镇长头部遭到重击的时间，距离被你们发现的时间应该很近，所以犯人从神社逃走的时候应该会撞见你们。你却说没看到任何人，这就奇怪了。犯人到底是怎么逃走的？”

“也许是他先看到了我们，然后藏起来了？”

熊仓嘟囔着表示否定：“这儿这么冷清，应该没地方可以藏身吧？”

“但我们真的谁都没见到。”

“好吧好吧。”熊仓挠挠额头，却小声地漏出一句，“要是没看到镇长，那就更好了。”

“啊？”达之不解，“难道我们发现了镇长还是坏事？”

“不是不是，当然不是。”熊仓赶紧挥动双手，“要不是被你们发现，镇长可能就没命了。那样的话，就会变成杀人案，事情会闹得更大，所以肯定要感谢你们发现了镇长。而且你们还如此配合我们的调查工作，真的非常感谢。”

达之叹了一口气，只能将熊仓的话换个方式理解——找到镇长是好事，但一直留在现场可不太好。如果报警的人走掉了，警方就无法问话。换言之，可以任由警方随便定性这起事件。

铃木刑警从外面回来，一脸灰心丧气。

熊仓问：“找到没有？”

“没有。”铃木刑警摇摇头，“神社里没有。”

“仔细找了吗？说是钝器，其实有各种可能，石头啦，棒子啦……哪儿都没有吗？”

坐在一旁的达之听出他们在说凶器的事——刚才，达之从外面被请进神社事务办公室之后，大批警察就开始勘查现场。

“神社里的地上全是碎石子，并没有大到足以作为凶器的石头；说到棒子，神社后面倒是有一把扫帚，但很难想象用扫帚就能把头骨打裂。”

听完铃木刑警的回答，熊仓撇了撇嘴：“真没办法。”

“警官先生，”达之开口对熊仓说，“我们还要在这儿待到什么时候？”

“再坚持一会儿，好吗？署长马上就来。”

“署长？”

“您也知道，这是杀人未遂事件，受害人还是镇长。这可是一起大案，我估计署长会请求总局给予支持。如果总部来人的话，肯定还要麻烦你们。如果两位现在回去，过会儿还得请你们再过来。与其来回折腾，不如就在这儿再等一会儿吧，这样大家都省事。”

“哦。”达之忍着没多说，其实心里在想：省的只有你们的事。

这时，宫司端着托盘从办公室里屋走了出来，托盘上放着茶杯。“既来之，则安之。今天是新年第一天，等警方搜查完现场，就去拜一拜吧。”

“对，一定要拜。”达之伸手去拿茶杯，喝了一小口就立刻喷出来，“这是什么？怎么会是酒！”

“这可不是一般的酒，是御神酒。别客气，警官们也来尝尝吧。”宫司亲切地招呼道。

“谢谢！虽说我们正在执行公务，但这是御神酒，必须喝。”熊仓乐呵呵地伸手去拿酒。铃木刑警也笑弯了眼，开始喝起来。

这时，一名年轻的刑警走了进来：“署长来了。”

“噢！”熊仓赶紧立正，铃木刑警也站得笔挺，一动不动。达之和康代互相看看，也跟着一起站起身。

一名身穿制服的圆脸男人板着脸走了进来，戴着金边眼镜，镜片后面明显是一双惺忪睡眼。圆脸男人环视了一圈办公室，径直走到取暖器前面。铃木刑警赶紧搬来一把椅子。圆脸男人连一句“谢谢”都没说就坐下：“真够冷的。”

宫司一边说：“先来一杯吧。”一边递上茶杯。署长接过杯子，却见宫司拿着酒盅朝里面倒酒，虽然觉得奇怪，但仍一饮而尽，喝完喃喃地说：“真暖！”

熊仓上前一步叫了声“署长！”达之以为他要开始报告案情，没想到听到的却是——“新年好！”

铃木刑警也跟着问候“新年好”。

署长一边把双手伸在取暖器前，一边缓缓点头：“今年也给我好好干！”

两人异口同声地说“好”。然后警察们落座，达之夫妇也坐下，宫司则抱着托盘回了办公室的里屋。

“现在是什么情况？”署长问。

熊仓开始说明，署长边听边时不时地朝达之夫妇看看，但似乎并没太在意。

“大概就是这样。”熊仓报告完毕。

“嗯。”署长挠着下巴看看达之夫妇，“是这两位发现的？”

达之点头说是。

“一大清早的？”

“我们原本打算来做新年里的第一次参拜。”

“新年第一拜怎么选这种地方小神社？”

“抱歉，但这是我们家的惯例。”刚说完，达之就想，自己干吗要抱歉？

署长皱了皱眉，嘟囔道：“嗯，这事儿真麻烦。”

“毕竟被害人是镇长。”熊仓说。

“新年头三天，我其实日程都排满了。比如今晚，早就答应要去商店街的新年会。”

“噢，就是那个——”熊仓说话的时候一下子来了劲儿，眼睛像在闪光，“会有二十个穿超短裙美女的那个？”

“那是很久以前的事了，现在能来十个就不错了，毕竟不景气嘛。”

“还是好羡慕啊。”

“但去不了有什么用！联系总局，成立搜查总部……这种时候怎能自己一个人去宴会？怎么可能?!”署长挠挠眉毛，“镇长说他什么都不记得了?”

“他说只记得和自己的支持者一起在居酒屋喝酒。我们问过居酒屋的人，说镇长他们喝到凌晨一点。镇长和他的支持者分开后，是一个人回去的。居酒屋离这里数百米，暂时还不清楚离店之后镇长去了哪里。另外，一起喝酒的支持者都有不在场证明。”

“真是的！”署长拍了拍后脑勺，“我记得镇长已经七十七了吧！都一大把年纪了，居然喝到失忆?”

“不是的，医院方面说其实酒精量并不算大，之所以失忆，估计还是后脑遭到重击的原因。”

“嗬！那为什么只穿着内衣?”

“这还是个谜。就目前而言，最大的可能是犯人脱的。”

“为了什么?”

熊仓歪着脑袋，说不出理由。

“没办法，只能请求总局支援了。万一拖拖拉拉地被媒体抢先闻到线索就惨了。可恶，只能放弃美女了。真不知道是哪里来的犯人，干吗偏偏挑这种时候作案？难道就不能等过了新年头三天?”署长一边转头一边牢骚。

这时，熊仓的手机响了。

“是我……啊？什么！确认？……是吗？好！给我把周围查

个遍！”劲头十足地挂了电话后，熊仓对着署长报告说，“找到镇长的衣服了，还有鞋子！”

“是吗？在哪里？”

“距离刚才提到的居酒屋数十米的一个公园里，就在长凳下面。喂，铃木，你也快去增援。”

铃木说了声“好”后赶紧出门。

“公园？怎么会在那里？”署长想不出个所以然来。

“这样一来，就会有一种新的可能。”熊仓低声说，“之前一直以为犯罪现场就在神社，但现在也可能是在公园。镇长从居酒屋出来后，在公园里被人打晕，这与镇长失去记忆的事实也相吻合。”

“有道理。犯人在公园把镇长的衣服脱掉后，再把他搬来神社。”

“估计是为了混淆作案现场。犯人肯定没想到镇长会醒过来。”

“那么凶器就有可能被犯人扔在公园周边。”

“我也有同感，马上下令彻查。”熊仓刚拿出手机，又有电话打进来，“我是熊仓，怎么了？……什么？……哦，果然不出我所料……嗯……嗯……抓住这条线索继续往下查。凶器方面也拜托了。”挂了电话，熊仓看着署长，“报告！又有新情况。有证人说昨天在案发现场附近见过两个男人吵架，而且两个都是上了年纪的男人。”

署长上前一步：“脸呢？看清脸了吗？”

“很遗憾，据说没看到脸。但证人说其中一个是小个子，另一个是高个儿。我觉得小个子的那个应该就是镇长。”

“好。让兄弟们把整个小镇查个底朝天。看见可疑分子，一律抓来问话。”

“遵命，我已经安排下去了。需要联系总局吗？”

“这个嘛——”署长双手抱臂，“看样子这案子很快能破获。如果现在联系总局，弄得不好，功劳反而被他们抢去。再等等，看看情况再说。”

“我觉得也是。而且总局搜查一科的科长是出了名的一根筋，没有充足的证据，绝不会送检。万一遇上他，估计调查会拖上很久。”

“那可不行。就这么定了，先不上报总局。”署长看看手表，“最好能在傍晚前解决，这样还能赶上新年会。要是赶得及，熊仓科长，我就把你也带上。”

“真的吗？”熊仓双眼放光。

“真的呀，活力四射的美女们的大腿，绝对养眼！”

“谢谢署长。”

“抱歉——”达之再次开口，“如果不用上报总局，我觉得我们应该没必要继续待在这里了吧？”

熊仓和署长互相看了看，然后两人又同时转身背对达之，开始窃窃私语。达之只听到“有用”这个词。

两人再次转身面对达之。

“很抱歉，能否请两位再多待一会儿？”

“为什么？应该已经没我们什么事了吧？”

“其实还有。有件事只能拜托请两位。”

达之皱着眉说：“拜托我们？什么事？”

“这个……到时候再详说吧。”熊仓说得有些结巴。

“没事的，两位不用担心，不会给你们添麻烦的。”署长脸上掠过狡猾的笑意，然后朝里屋说，“喂，宫司，还有酒吗？给客人们再来一杯吧。”

“客人？”

宫司一边说好，一边从里屋出来，托盘上放着酒盅：“让各位久等了。”

“我不用了。”达之摆摆手。

署长却抓着酒盅，强行给达之倒酒：“别客气嘛，今天是年初一，而且神社的酒肯定都是由酒家供奉的，不用客气。”

“不是客气……”

这时熊仓又接起手机："是我……啊？是吗？认罪了吗？……嗯……嗯……没事，总之先带去警署，发一张他的照片给我……嗯。先这样。"关上手机盖，熊仓看着署长说，"我们的人在车站候车室的长凳上发现一名可疑分子，带去车站办公室问话后，发现是一名公司职员，四十五岁，说自己昨晚和同事喝到很晚，不知道什么时候就醉了，还说和同事分开后的事都不记得了。"

"那男人什么体形？"署长问。

"身高一米八，而且很瘦。"

"瘦高个儿？"署长打了个响指，"是他！肯定就是他！"

"我已经下令把他带去警署，稍后让他认罪就行。"

"不管怎样都要让他认罪！手段稍微强硬些也没关系。"

"遵命。我会安排的……噢，照片发来了。"熊仓不习惯地操作着手机，"是嫌疑犯的照片，果然长得很可疑。"

署长在一旁看了看熊仓的手机，然后与熊仓面面相觑，意味深长地点点头。

"想请两位确认一下，"熊仓把手机屏对着达之夫妇，"你们见过这个男人吗？"

照片里的男人是个长脸，也许是因为在候车室里睡了很久，他的头发很乱，睡眼惺忪，全无霸气，嘴角还有口水的痕迹。

达之回答“完全不认识”。身旁的康代也点头表示同意。

“真的吗？请仔细看看。有没有可能在今天早上来这里的途中见过？”

对于熊仓的问题，达之觉得很为难：“刚才已经说过，我们没见到任何人。”

“我知道，但还是想请您再仔细回忆一下。人的记忆有时候会说不准，会不会以为自己什么人都没见到，但其实瞥见过这个男人？”

“就算如此，我也真的不记得见过谁。”

“哎呀，所以——”

“我来说吧。”署长轻咳一声，“您刚才也已经听到我们说的话了。现在已经抓到一名嫌疑犯，但他似乎醉得很厉害，什么都不记得，而被害人镇长也是同样的状态。这种情况让我们警方很难办。所以，为了让嫌疑人坦白，可不可以请你们协助一下，帮个忙？”

“什么意思？”

署长压低了声音：“就是想请你们说句话，就说：‘在神社附近好像见过这个男人。’之后我们会妥善处理的，绝对不会给你们添麻烦。我保证！”

达之这才明白警方的意思。简单来说，就是为了把被带去警署的男人“办成犯人”而让他们作伪证。刚才飘到耳朵里的那句“有用”，指的就是这件事。

“我不干。”达之断然拒绝，“这种陷害别人的事，我可做不来。”

“不是陷害，只是为了帮助醉汉唤醒记忆，反正那家伙肯定就是犯人。两个人喝醉吵架，吵凶了，动了手，就这么点儿小事儿。更何况镇长的命已经保住了，不会判他重刑。你就帮个忙嘛。”

“不行。我不想撒谎。而且万一犯人另有其人怎么办？如果有人真想要镇长的命，那可是大事！”

署长重重地叹了口气，又问了一遍：“无论如何都不行？”

“不行！我知道的都说了，应该没我们什么事了。可以让我们走了吧？”

熊仓看看署长。署长突出下唇，点点头：“唉，没办法。”

达之催康代赶紧起身。

这时，署长的手机响了。

“是我，什么事？正忙着呢！……调查申请？什么？这种小事打给我干吗？……什么？教育部长？……嗯……嗯……好的，明白了。先派个人去问一下情况吧。”

熊仓问挂了电话的署长：“怎么了？”

“据教育部长的家里人报警说，部长昨天和朋友一起喝酒，至今未归。”

“教育部长？会去哪里了？”

“不知道，估计是醉倒在哪儿了。真是的，这儿正忙着呢，那个瘦高个儿的大爷还给我添乱。”刚说完这句话，署长被自己的话吓了一跳，瞪圆了眼睛与熊仓面面相觑，“瘦高个儿……对了！教育部长也是‘上了年纪的高个子’。”

“很瘦，而且认识镇长。”

“镇长遇袭之夜教育部长失踪？这肯定不是偶然。下令全署警员全力搜查，一定要找到教育部长。”

“遵命。”

达之仔细听了听两人的对话，决定不再继续掺和，准备离开。然而，康代却没迈步，而是停在原地看着熊仓打电话。

“喂，怎么了？走啊。”

但康代没有回答，而是朝熊仓等人走近一步：“请问——”

打完电话的熊仓看着康代问：“什么事？”

“教育部长会是犯人吗？”康代问。

“还不知道。怎么了？”

“如果部长是犯人，凶器会藏在哪里？而且他是如何在不被我们看到的情况下从神社逃走的？”

“关于凶器，我们的人正在被认为是案发现场的公园周边大力搜找。犯人逃走的时候没被你们看到，只能说是偶然吧。”

“这位太太，你到底想说什么？”署长有些不高兴地问。

康代耸了耸肩，看着署长：“我觉得案发现场就在这个神社，不是公园。”

署长一脸惊讶：“你凭什么如此断定？如果神社是案发现场，为什么镇长的衣服会在公园里？”

“我觉得镇长确实是在公园被脱去衣服，但公园并非案发现场。镇长是来到这里之后被人袭击的。”

“为什么？”

“因为他的脚底很脏。”康代说，“镇长的袜子非常脏。如果是被谁搬过来的，袜子就不应该那么脏。所以我认为镇长是自己从公园走到这里的，而且来的时候没穿鞋。”

“镇长为什么要这么做？”

“我不知道，也许是受到犯人的胁迫。总之，这么一想，就可以解释为什么他的脚底会那么脏。”

署长和熊仓一言不发，其实是找不到反驳的理由。

“但是，”熊仓说，“在神社这里都没找到凶器啊。”

“我觉得犯人现在仍拿着凶器。”康代说，“犯人如果从这个神社逃走，肯定会被我们看到；而我们之所以没看到，就是因为犯人根本没有逃走。”

“啊?!”署长和熊仓同时叫了出来。

“没有逃走？这位太太，你这是什么意思?”署长问。

康代说：“犯人现在还在这里，就在神社里。”

“怎么可能，”熊仓站起身，“怎么会有这种事？我们里里外外都查过了。”

“还没，你们还没查全。我们被叫来到这间神社事务办公室之后，你们才开始对神社内进行搜查，所以这间办公室应该还没被查过——特别是办公室的里屋。”

听到康代的这番话，连达之都大吃一惊，不由得将视线转向通往办公室里屋的房门。

只见宫司正站在那里，脸色苍白。

4

教育部长其实一直躲在神社事务办公室里面的杂物间里，由宫司悄悄地将警方的调查进展汇报给他听。

“我没打镇长，那只是一起单纯的事故。”坐在办公室正中间的教育部长不服气地说。部长已经七十岁，又高又瘦。

“到底发生了什么事？您除夕夜不待在家里，去哪儿了?”熊仓问。

教育部长不高兴地抱起双臂："我不想说。"

"教育部长——"熊仓皱着眉说。

"别硬撑了。"宫司对教育部长说，"弄不好要出大事的。"

"是啊，还是说实话吧。"署长也说。

教育部长撇撇嘴，不情愿地吐出三个字："伊吕波。"

"'伊吕波'是商店街边上的那家小店吗？"熊仓确认道。

"是的。"

"为什么那么晚还去那家店？"

教育部长再一次闭口不答。

宫司替他回答："为了老板娘。教育部长最近看上了那家店的老板娘。"

"老板娘？好像已经快六十了吧？"

"才五十八！"教育部长嘟囔道，"比我小一轮呢。"言下之意似乎在说：你们有意见吗？

"那您为何会与镇长发生争执？"话刚出口，熊仓恍然大悟般地看着教育部长，"难道镇长也对那位老板娘——"

教育部长从鼻子里发出"哼"的一声："不知羞耻的老家伙，都七十七了，已经是快要入土的年纪了。"言下之意似乎在说七十岁的自己还很小。

“你们约在店里碰头？”

“不是在店里，是在店门口。我知道除夕夜那家店凌晨一点关门，所以特地约了那个时间。那老家伙从对面走过来，看到我就问干吗约他关店之后来，然后我反问他：‘你以为干吗？做什么白日梦！’然后一起去公园做个了断。”

“什么叫‘做个了断’？怎么了断？”

“我可不会和他决斗，我还想当‘福男’呢。”

“什么是‘福男’？”

“你不知道西宫神社的活动？一月十日，神社一开门，会有男人们冲向正殿的赛跑仪式，跑得最快的就会得到‘福男’称号。”

“赛跑？您二位比赛跑步？”

“是镇长提出的，谁先摇响正殿的铃铛就算谁赢。输了的人就不能再动老板娘的脑筋。我是个男人，怎么能逃？我们以公园为起点。但你们猜怎么着？镇长那老家伙居然开始脱衣服和皮鞋，他一定以为那样就可以跑得更快。我没脱，因为我觉得自己怎么可能输给一个七十七岁的老头子。但谁知道——”教育部长不甘心地咂了一下嘴，“一跑起来，那老家伙就精神十足，快得出奇。”

“我在报上看到过一篇报道，说镇长为了健康，每天早上都跑步。”宫司对大家解释道。

“然后呢?”熊仓催教育部长继续说下去。

“我也拼了命地跑，但就是追不上。我刚穿过神社的鸟居，镇长已经到了正殿，正准备摇铃。正当我觉得这下输定了的时候，发生了一件意想不到的事情。”

“什么事?”

“铃铛掉下来，正好砸中镇长的脑袋。”

“铃铛?”

“好像是用来固定铃铛的零件断了。我听到一声巨响，镇长被当场砸晕。然后就看到宫司出来了。”

熊仓将视线转到宫司身上:“你做了什么?”

“我告诉教育部长，我会想办法处理的，让他先逃。”

“但结果没能逃掉。”教育部长看着达之夫妇，“我看到这两个人朝神社走来，只能暂时躲进这间办公室里，本来想稍后再找机会逃走的……”

但结果已经没有“机会”了。

去杂物间搜查的铃木刑警从里面走了出来:“我找到了这个。”铃木刑警手里抱着一个大铃铛，上面还有断裂的零件和摇绳。

“对不起，我本来想说实话的，但又想保住教育部长和镇长的名誉……”宫司解释道。

在一旁听着的达之一脸不屑，心想：这宫司真会挑好听的说，他想保密的根本不是什么教育部长和镇长的吃醋丑闻，而是正殿铃铛掉落的事实——如果镇长有个三长两短，那就是神社的管理有问题，而他这个宫司一定会被追究责任。

当然，在场的所有人都心知肚明，但谁都没说穿，只是脸上浮现出冷笑。

熊仓拿着手机到屋外打电话，整间办公室里充满了凝重的沉默。错过了离开机会的达之，此时觉得很是尴尬。

熊仓回到屋内：“据说镇长已经恢复记忆，说‘恢复’其实不够准确，因为他是假装失忆。一听说教育部长已经全部坦白，他也就放弃了抵抗。”

“那教育部长说的——”署长问。

“大部分都是事实。”熊仓说，“不过，镇长强调是自己先看上了老板娘，是教育部长打算横刀夺爱。”

“老家伙一派胡言！”教育部长气得瞪大了眼珠，“起初还是我带他去那家店的呢！”

“算了算了，谁先谁后都无所谓。”有些厌烦了的熊仓说，“署长，怎么办？据说镇长不想报案。”

“哼，毕竟那老家伙是有老婆的人，肯定不想把事情闹大。”

自己也有妻室的教育部长如此说道。

署长看了看宫司和教育部长的脸，然后吐了一口气："就当什么事都没发生吧。收队！"

"遵命。"熊仓精神十足地回复，"应该能赶上新年会吧？"

"不过——"署长又看了看达之夫妇，"不能有发现镇长的人和联系警方的人……"

所有人都以满脸"拜托"的表情看着达之夫妇。

达之感到全身虚脱，有气无力地回答说："我知道了，就这样吧。我们什么都没看到。"

5

达之和康代回到家的时候已是上午十点多，两人心想着：今天这新年第一拜实在够呛！而且事实上，他们一直坐在神社的办公室里，根本没拜成。

进了房间，达之一屁股坐在坐垫上，身心俱疲。

"要喝茶吗？"康代问。

"现在不用。"达之看了一眼矮桌，屠苏酒已经准备好。他们本来打算参拜回来后一起喝。

然而，这屠苏酒绝非寻常——酒里掺的不是屠苏散，而是氰化钾，之前一直存放在达之工厂里的氰化钾。

那家工厂从去年秋天起就一直关着，就算开了，也没活儿可干。已经拖欠了员工好几个月的薪水，外债也越积越多，感觉这辈子都不可能还清。要不了多久，达之的公司就会倒闭，现在居住的房子也会被没收，换言之，自己将无处可住。

明明一直都活得勤勤恳恳，认认真真，但事实证明，还是会有过不去的坎儿。

夫妻俩商量之后，觉得已经走投无路，只能寻死。自己死后，孩子们就能得到保险金。他们在遗书里已经写好，希望孩子们拿着那笔钱，尽可能地向那些被自己麻烦过的人致歉。

达之原本毫不犹豫，所以才和康代一致决定，一如既往地去神社参拜，完成一种仪式。他本打算在新年第一拜的时候，求自己成佛，祝后人幸福。

然而，这最后的新年第一拜居然没有拜成。

康代说："你给我看看那个吧。"

"哪个？"

"就是你写的字，刚才你说过会儿给我看的。"

"哦，是啊。"达之从坐垫上站起身。

两人来到隔壁房间。纸上的字已经干了。两人站着，低头看着那两个字——"诚意"。

两人一言不发地站了很久，一直盯着这两个字看。

过了好一会儿，康代先开口说道：“老公，我们还是别寻死了吧？”

达之看看妻子，她的脸上已经阴云全散，肩头也好像全无重负，眼神中充满了豁然开朗。

“活得那么随便的人都可以那么威风。那么愚蠢的人都可以做镇长、教育部长、警察署长……”

“还有宫司……”

康代重重地点点头：“相比之下，那么认真地做人的我们为什么要死？这太不合理、太傻了！老公，我们一起加油吧。从今往后，我们也不能输给那些人，我们要活得更随便、更随心、更厚颜无耻。”达之第一次听到妻子如此强有力的声音。

达之坐下，拿起纸，重新审视自己写的字：“我也这么觉得！”说完，“呲”的一声，他把纸撕成了两半。

第十年的情人节

1

这家店位于汇集了众多高级名牌店的大厦一楼，因为其入口正对中庭，所以给人一种宛如进入独栋私宅的错觉。

打开装饰奢华的大门，只见一个戴着领结的男人站在门边，微微欠身，彬彬有礼地招呼道：欢迎光临。

“是津田小姐订的位子。”峰岸说。

“欢迎您的到来。”男人带领峰岸进入店内。店内整齐地摆着四人座的桌椅，却只有两成的位子上坐着客人。虽说是情人节之夜，但估计平日里的法式餐厅也是这种程度的上座率。

一位女士坐在靠角落里的一张桌子旁，一看到峰岸，她的脸上立刻现出微笑。峰岸觉得她比起以前似乎瘦了些，但面容依然姣好，细长的眼角更添成熟的魅力。

峰岸看了一下手表，自己比约定的时间早到了五分钟：“抱歉让你久等，本来还打算我先到等你的。”

“是我来得太早，不用放在心上。”她的声音依然带着鼻音，但如今多了很多成熟韵味。

峰岸落座后，再次仔细地端详津田知理子的脸：“晚上好。”

“晚上好。好久不见。”

“看到你很有精神，那就好。”

“我也是。”

一个侍酒师模样的男人来到桌前，问他们需要什么餐前酒。

“我们喝香槟好吗？”知理子问。

“好啊，我赞成。”

侍酒师离开了。

“说真的，我很吃惊，”峰岸说，“没想到时隔那么多年，你居然会主动联系我。”

“对不起，是不是给你造成了困扰？”

“完全没有。”峰岸重重地摇摇头，“如果觉得困扰，我就不会坐在这里了。我非常高兴。说实话，我一直都想再见到你，但没有联系方式，只能作罢。”

“那就好。”知理子笑得露出皓齿，“之前我还一直担心，这么随随便便地把畅销书作家叫出来吃饭会不会太失礼？”

“畅销书作家？我都一年没出版新作品了，你这么说是不是在讽刺我啊？”

“你一定是在酝酿新作品，我很期待你的下一部大作。”

“你看过我的书？”

“当然了。”知理子点点头，“你写的书我全都看了。”

“那真是太荣幸了。”

侍酒师送来香槟。望着无数酒泡在琥珀色的液体中欢快跃动，峰岸伸手拿起酒杯。“为我们的再次相遇，干杯！”

“也为了时隔十年的情人节！”知理子也拿起酒杯与峰岸碰杯。

香槟滑入口中，峰岸用眼角捕捉知理子的身影。她身穿深蓝色连衣裙，身材几乎与十年前无异。她今年应该三十岁刚出头，作为成熟女性，魅力年华刚刚开始。

一名身着黑色西服的男子捧着菜单出现在两人面前。

“你有什么忌口吗？”知理子打开菜单问峰岸。

“没有，我什么都吃。”

“那我来点喽。”

“当然。”

知理子开始点菜。今天似乎还有情人节的特别套餐。

“今天说好了，我请客。”服务员离开后，知理子说。

“那怎么行？”

“因为是我约你。”

“这样啊……好吧。”峰岸点点头说，“那我就恭敬不如从命了。”

“嗯，不用客气。”知理子说话的时候，峰岸看到她右耳的耳环闪了一下。

峰岸一边喝香槟，一边在想——不知道知理子饭后会有什么打算。像这样一边吃饭一边喝红酒，离开餐厅的时候，两人应该都已经有些醉意，到时候可以约她再去酒吧喝一杯。但问题是：之后该怎么办？

“啊，对了。”知理子似乎想起什么，从一旁的椅子上拿起一个小纸袋，“今天是情人节，差点儿忘了最重要的东西。”说完，把纸袋递给峰岸。

“咦？什么呀？”峰岸猜不出纸袋里有什么，表现出受宠若惊的模样接过了纸袋。袋中装着一个四方形纸盒和一只粉色信封，纸盒上印着知名甜品店的名字。“久违的情人节巧克力！我有好多年没在情人节收到巧克力了呢。”峰岸说，“今年连‘人情巧克力’都没收到。话说‘人情巧克力’这个词已经没人用了吧？”

“但真命女友还是会送你吧？”

“真命女友？你好好想想，如果有真命女友，今晚我还能来这儿见你吗？”

“那就是说‘今年没有’？”

“去年也没有，前年、大前年都没有。”峰岸盯着知理子的眼睛说，“和你分手之后，就再也没人送我巧克力了。我的身边一直都没再出现这样的人。”

“怎么可能？骗人吧。”

“你为什么不相信啊？我说的是真的。”峰岸直视着知理子说。

“哦？是吗？”知理子缓缓地眨了眨眼，“那我就当你说的是真的吧。”

“你不信？那你怎么样啊？我觉得你早就找到好男人，嫁作人妇了吧？”

“可惜，我的男人缘不太好。”知理子耸耸肩，“我现在也是一个人，所以才会约你出来见面。”

“是吗？对了，好像袋子里还有一封信。”峰岸朝纸袋里看了看。

“那里面写着我想对你说的话，是积存了整整十年的念想。”

“哎哟，听上去有点儿吓人嘛。”峰岸伸手去拿信封。

“我会害羞的。你现在别看，等会儿再看。拜托。”知理子双手合十，语气中还带着一丝撒娇的意味。

“好吧。”峰岸从纸袋里收回自己的手，心想今晚一定会非常美妙，不由得内心荡漾起微笑。

2

峰岸是十多年前认识知理子的。她是峰岸大学时所属社团的后辈，这个社团夏天玩水上运动，冬天玩冰雪运动，所以社团人数众多，很受学生欢迎。

当时，峰岸虽然已经从大学毕业很多年，但还是会参加一年一度的“社团老成员聚会”。虽说是“老成员聚会”，但出席聚会的现役社团成员人数更多。峰岸参会的目的就是认识那些参会的女成员，一旦发现自己喜欢的女孩，峰岸就会主动接近，交换联系方式。

当然，有顺利的时候，也有碰钉子的时候。这一年的峰岸很有自信，因为自己前一年获得了“推理文学新人奖”，作为作家正式出道了。很多获得这个奖项的作家后来都成了知名的大家，所以这个奖项非常受到世人关注。峰岸觉得自己的获奖肯定会让他在聚会上成为话题的中心。

但结果，他的期待完全落空，聚会上完全没人提起这事儿。

虽然不是没有人知道他得奖的事，但似乎没什么人知道他为了获得这个奖有多辛苦。他觉得大家都不提他获奖的事，一定是因为嫉妒他。

只有知理子主动走向峰岸。她绝对是个美人，浑身散发出高雅的气质，身材比例也很好。事实上，峰岸也一直在关注着她。

她知道峰岸获奖的事，双眸闪光地夸赞了峰岸。交谈中，峰岸得知，知理子是个推理迷，于是两人一拍即合，当场就交换了联系方式，还约定过几天再见面。

知理子很久以前就加入了这个社团，但因为去美国待了一年，所以那段时间没能参加聚会。前一年的聚会她倒是参加了，但当时的峰岸刚好缺席。

之后，两人便开始了交往。峰岸觉得知理子没男朋友这件事简直就是个奇迹。虽然追她的人肯定不少，但估计都是她看不上人家。

获奖作品颇受好评之后，峰岸又发表了第二部作品，销量也不错，所以峰岸干脆辞了职，成为专职作家。这样一来，他就有更多的时间与知理子见面。知理子大学下课后，常去峰岸的公寓住所，为他做饭，而饭后的时间多为“床事”。有时候她也会在峰岸家过夜。峰岸会把手臂给她当枕头，聊聊新小说的构思。

然而，甜蜜的生活却戛然而止。某一天，知理子发给峰岸一封短信——“我想了很多，还是决定和你分手。这些日子以来，非常感谢你。期待你今后写出更多精彩的作品。再见。”

峰岸觉得自己就像是中了狐仙的蛊惑，完全没搞懂到底是怎么一回事。

他打电话给知理子想弄清楚，电话却一直被拒接，发短信也不回。几天后再打她电话时，却发现号码已经成了空号。

知理子之前一直住在女性专用的单身公寓。峰岸想过去公寓门口等她，或去大学找她，但结果都没有付诸行动。虽然没法完全放下她，但自尊心让他止住了脚步。他觉得如果被别人知道他做那种跟踪狂才会做的事，肯定再也不会有人买他的书。

之后，知理子去了哪里、做过什么，峰岸都一无所知。他自己一步一个脚印地陆续发表新作，逐步确立了作家的地位。虽然他也曾和几个女人交往过，但因为自己无意结婚，所以结果都是对方离他而去。峰岸对她们毫无眷恋。唯一让他一直念念不忘的只有知理子。每次和别的女人分手时，他都会想起知理子，想着知理子现在正在干什么。

上周，一家出版社给他送来一封粉丝来信。责任编辑留言说“应该是峰岸老师的旧相识”。通常情况下，寄到出版社给作家的粉丝信件都会由责任编辑先拆信确认。

一看到米色信封上写着的寄信人的名字，峰岸的心里就咯噔一下。因为寄信人正是——津田知理子。

峰岸的内心好似小鹿乱撞。他打开信，看到漂亮的字体写着——

好久不见。不知您是否还记得我？我是津田知理子，十年前曾受到您诸多关照。在大学社团，您是高我八届的前辈。

之前真的非常抱歉。我猜，您应该现在还在生气吧？

我一直关注着您在文坛上活跃的身影。真的好厉害！能有您这样一位前辈，我觉得非常自豪。

这一次贸然给您写信，不为别的，只想问一下能否见个面叙叙旧。我想为当年的事情好好地向您解释一番。如果您觉得事到如今不想再见，那么我也不会多做纠缠。但如果并非如此，那么希望您能抽出宝贵的时间和我见上一面。我知道您一定日理万机，但还是期盼您能抽空联系。

信的末尾留了电话号码和邮箱地址。

峰岸反复读这封信，每次读都心动不已。看信中的内容，知理子应该很想再见他。关于理由，他多少猜到了一点儿——看到如今作为作家颇有成就的他，知理子一定是后悔了自己当初的分手决定。

峰岸立刻回邮件给她。之所以没打电话，是因为他觉得还是等见了面再说话更好。一想到十年前是她甩了自己，峰岸就想故意端端架子。

峰岸在邮件里说——已经收到她的来信，如果她能够配合他的日程安排，就可以考虑见面——遣字造句都很冷淡、生分。很快，知理子就发来他翘首以盼的回信。邮件里说——何时、何地见面由他决定，想务必见上一面。于是峰岸便回信写了几个自己有空的日期让知理子选，还说地点只要在东京市内，随便哪里都可以，让知理子决定。

没过多久，知理子回邮件说，希望二月十四日在市中心的法国餐厅见面。

这正中峰岸下怀。他在有空日期的选项里故意放进情人节这一天，心想，如果知理子有意与他重修旧好，一定会选这一天。

3

“所以，我觉得那部作品也很棒，真的。你居然能想出那么有趣的故事。”知理子一边动着刀叉一边说。

“你能这么说，我真的开心。我自己也将那部作品归类在很有自信的作品之中。说来你真的很熟悉我的作品嘛，真的全都看过？”

“我从一开始不是已经说了嘛。你以为我在撒谎？”

“我觉得你可能看过一两本，但没想到居然真的全都看过。”峰岸微微低下头，“谢谢你。”

“应该说谢谢的人是我。对我来说，阅读你的作品一直是一件非常愉快的事情。”

“那么我今后也得继续努力，写出更多佳作。”

服务员送来他们点的海鲜料理，是干煎长脚虾和慕斯帆立贝。峰岸喝着白葡萄酒，将菜肴送入嘴里。和前菜一样，这家店的菜肴真是极品美食。

“你常来这家店？”

知理子稍稍歪了歪脑袋：“算不上常来吧，只是偶尔会来。”

“你居然知道这么好的店，下次我还要来。”

“很高兴你能喜欢这里。”

“但一定不便宜吧？你现在做什么工作？刚才一直在聊我的小说，关于你的事情还什么都没说呢。”

“很普通的公司职员。主要的工作内容是人才派遣，总是被夹在爱使唤人的上司和不知天高地厚的下属之间，每天都唉声叹气，疲于奔命。”

“感觉这不像你会做的事啊，我以为你会做那些看上去更精英的工作呢，比如总裁秘书或酒店经理之类的。”

“你可别用十年前的印象来想象现在的我哦。”知理子皱了皱鼻子，“有件事，我一直想问你。”

“什么事？”

“那部《深海之门》后来怎么样了？”

峰岸皱了皱眉：“唉，你还真会哪壶不开提哪壶。”

“怎么了？我真的很想知道最后到底怎么样了。”

“你居然连那部作品都看过？那是刊登在月刊杂志上的连载。”

“我刚才不是说了嘛，你的所有作品我都拜读过。为什么会突然停止连载？一开始我还以为你是身体突然抱恙，但应该不是吧？到底是什么原因？”

“其实也没什么。只是想暂时停止更新，好好琢磨一下后半部的故事发展。”

“是吗？但之前从来没出现过这种情况吧？”

“那部作品有点儿特殊，我是一边写一边考虑地展开的，所以写着写着遇到瓶颈，就写不下去了。毕竟我也只是凡人嘛。”

“写书真的很辛苦吧！”知理子叹了口气，伸手去拿酒杯。

知理子所说的连载小说是峰岸从去年春天开始动笔的作品，到秋天为止都还算顺利，但之后就怎么也想不出好的故事情节，不得已，只能暂时停止更新。因为暂时不再去想那部作品，在聚会上他都尽量避开杂志社的负责人不见。表面上是暂时停更，但其实他打算就此将其雪藏。

峰岸有点儿心急，不知道知理子打算聊多久关于小说的事。难道像这样只聊聊小说她就心满意足了？如果是这样的话，对峰岸而言就是浪费时间。峰岸觉得，至少得让知理子说出十年前突然离开的理由。

侍酒师来到餐桌前，略微介绍了一些品酒提醒后，朝他们新的酒杯里倒上了红酒。之后，肉类料理也被送上餐桌，他们点的是面包酥皮烤羊肉。

知理子微微一笑："我觉得自己真的好幸运，能像这样和知名作家一边用餐一边聊小说。一般人可没这么好运。"

"也许吧。差不多该聊聊你——"

"她也是。"知理子不理会峰岸的话，继续自顾说道，"我也好想让她感受一下这种美妙的感觉。她也喜欢看小说，特别是推理小说。"

"她？"

"藤村绘美，和我们一个社团的藤村绘美。我觉得你应该也见过她。"知理子说得非常平静，语气中并无任何起伏。

藤村绘美——峰岸的脑海中跃出"藤村绘美"这几个字的同

时，一个女人的面容也鲜活地浮现出来。他顿时觉得浑身发热，心脏狂跳。

“呃……”峰岸想去拿酒杯，却觉得自己的手在发抖，于是作罢，开口说，“我不记得了，是什么样的人啊？”

“和我同龄，大学一年级的时候就加入了社团。她和我很要好，经常一起玩。快升三年级的时候，我休学一年去了美国，当时她知道我要走，觉得很难过，哭得可伤心了。她是短发，高个子，应该是E罩杯以上。你真的不记得了？”

“呃，想不起来。一年一度的聚会上应该也没见过。”峰岸故意做出歪脑袋的思索状，与此同时，他也在思量：为何知理子会说起她？

“我们相识的那次聚会上，她确实没参加。前一年的聚会她也没去。因为那时候，她已经不在人世。”像是做完一段正式的宣告，知理子这才开始用手里的刀叉切分羊肉，“她是在公寓里上吊死的——把衣架升到最高，然后拴上绳子……那件事就发生在我从美国回日本几个月前。”

峰岸倒吸一口冷气。他确信这并非偶然，知理子讲这些一定有某个明确的目的。如果真是如此，那今晚的见面也一定是为此所设的局。

但她究竟有何目的？

“怎么了？你怎么不吃呀？真奇怪。快趁热吃呀！”知理子说着，一口一口地把肉送进嘴里。

峰岸手里拿着刀叉：“我本来刚想吃，你却说起那种事，让我的胃口都没了。吃饭的时候居然说死人的事。”

“才说了这些你就吃不下了？大作家，你笔下的那些故事比这可怕多了吧？没想到你的神经居然这么脆弱。”

“那些都是虚构的故事。”峰岸用刀切开酥皮包着的羊肉，然后送入嘴里。如果完全没有心事地吃，一定会觉得美味无比。现在，他却觉得食之无味。他现在能做的只是机械地进行咀嚼，勉强将食物送入胃中。

“绘美最后一次参加社团聚会是她大学三年级的时候，那时候我人在美国。你是去了那次聚会的，对吧？社团记录里有你的名字。”

“好像是吧。我也许在聚会上和那个女孩打过招呼。”

听到峰岸的这句话后，知理子满意地点点头，然后一脸认真地说：“绘美的死，就发生在那次聚会八个月后。”

峰岸用红酒将嘴里的肉送下肚中：“那个女孩是自杀，肯定是遇到了什么苦恼难解的事。”

知理子挺直背脊：“我说过她是自杀吗？”

“你不是说在房里上吊嘛。”

“警方确实将其认定为自杀，因此甚至没有进行司法解剖。但你一定知道，过去也曾发生过多起伪装成上吊自杀的杀人事件吧？”

“你觉得是他杀？有什么根据吗？”

知理子意味深长地看着峰岸说：“绘美没有自杀的动机。”

峰岸微微一笑：“有没有动机，只有那个女孩本人才知道吧！”

“当时绘美有个男朋友，虽然她没告诉我她男朋友的名字，但她发给我的很多邮件里都透着满满的幸福感。邮件里说，她觉得和男朋友很投缘。听她的家人说，她的男朋友并没有出席她的葬礼。你不觉得这很奇怪吗？”

“也许是被男朋友甩了？因为打击太大，所以才选择自杀？这也不难理解。”

“绘美不是那么脆弱的女孩。”

“这种事只有那个女孩本人最清楚，外人怎么会知道！”或许是因为太激动，峰岸忍不住尖声叫了出来。他赶紧假装咳了几声，小声说：“抱歉，失礼了。”

知理子稍稍垂下眼帘，点点头：“是啊。我当时人在美国，对绘美那时候的情况几乎一无所知，这是事实。但是我回国后，努力想要搜集信息——我拜托她的家人给我看了她所有的遗物，还去见过很多认识她的人，问了很多有关她的事。”

“结果呢？”

知理子缓缓地摇摇头说：“没用，完全徒劳。不知道她自杀的动机，但也没有发现任何可以证明是他杀的证据。房间里并没有争斗过的痕迹，也没有物品被盗。”

“也就是一无所获，真遗憾。”峰岸把菜肴送入口中，开始有心思去品尝美味了。

“就这样过了一年。我自己也慢慢地开始将这件事淡忘，去参加社团聚会之类的活动，全身心地放松自己。就在那次聚会上，我遇见到了刚刚以作家身份出道的前辈，真的高兴得有些忘乎所以。”说着这番话的时候，知理子再一次意味深长地看着峰岸。

“你的故事里终于轮到我登场了。”

“没过多久，我就开始和前辈交往。每天都很开心。他很体贴，也很博学，还会在床上和我聊小说的构思。但我觉得他说的故事似曾相识，感觉在哪里读到过。当时，我觉得一定是自己的错觉，所以没有深思。但之后，我终于想起来了。我确实读过那部小说。但不是普通的、装订成册的书本，而是打印出来的稿件。那是一个业余作家写的小说，而那个作家就是绘美。没错，绘美当时也在写小说，她曾经立志成为一名作家。”

4

侍酒师又一次悄无声息地来到桌前，为峰岸的酒杯里倒完酒后又再次离开。但峰岸再也没心思去碰酒杯了。

“我刚才忘记说一件重要的事情。绘美一直在写小说，高中的时候就开始了。长篇、短篇都有，还积累了很多素材，说可以用在今后创作的小说里。但她很腼腆，这些事都没对别人提过，也没给别人看过自己的作品。我拜托她给我看过一次，她虽然有点儿不情愿，但还是给我看了一篇短篇小说。读完后，我大吃一惊，因为故事真的非常有趣，说的是一个女高中生每当满月之夜就会撒谎的故事，而她撒的谎越来越大，最终导致了不可收拾的结局。”一口气说完这些，知理子看着峰岸说，“这和那天晚上你对我说的故事，情节完全一致。”

峰岸想要吞咽口水，却发现嘴巴里早已干涩：“不同的人碰巧想到同样的故事，这是常有的事。”

“情景、桥段、结局，等等，全都是一模一样的，难道这只是纯属巧合？”

“也不能断言不是巧合。”

知理子摇了摇头：“如果这两个作家之间完全没有交点，也许我会同意你的说法。但是，这两个人确实有交点，他们有可能在社团聚会上见过面。这一点你刚才也已经承认。如此一来，就绝不可能是纯属偶然。”

峰岸瞪着知理子：“你到底想说什么？”

“虽然我刚才说绘美的房里没有物品遭窃，但其实有一件非常重要的东西不见了，就是她从高中开始记录下小说和素材的笔记。我找遍所有的地方都没找到。没有打印稿，电脑里也没有记录。当我意识到这一点时，我的脑海里浮现出一个可怕的念头。”知理子深深地吸了一口气，然后又吐了出来，她的胸口缓缓地上下起伏，“一定是凶手抢走了绘美的笔记。而绘美之所以被杀，也正是这个原因：凶手想要的是她的小说和素材。”

“你想说我是凶手？”

知理子没有直接回答这个问题，而是把刀叉整齐地放回盘子上。不知什么时候，她已经把所有菜肴全都吃完。峰岸的盘子里还残留着三分之一以上的食物，但他已经完全没心思继续吃下去。峰岸也放下刀叉。

“绘美被杀发生在你获得新人奖的三周前。当时你应该已经知道自己的参选作品进入到了终审作品之列，但问题是，你是拿哪部作品去参选的呢？我认为，那就是绘美的作品。当然，绘美肯定不知情。如此想来，动机就更加明显。一开始，估计你也没多想，随便投了个稿。没想到会进入终审，所以你当时急了，因为如果得奖，你当然会很高兴，但肯定也会被绘美发现。你知道绘美不会默认你的剽窃行为，但事到如今，你又没勇气坦白一切。所以对你而言，只能让绘美去死。”

服务生靠近餐桌，撤走了主食的盘子。

“似乎——”峰岸说，“我今天来这里是个错误的选择，没想到你会说这些不着边际的话。虽然还没吃完，但恕我先告辞了。”

“还有甜品没上呢，干吗不再多坐一会儿呢？而且，你觉得这些话我只会对你讲吗？如果你有什么要辩解的，不如趁现在讲讲清楚。”

这句话让刚刚起身的峰岸重新落座，因为他觉得知理子说得没错。“你有证据吗？证明是我杀了她的证据？”峰岸压低了声音问。

“她？你用的是‘她’而不是‘那个女孩’？你刚才还说不记得绘美了。”

峰岸皱着眉咬着嘴唇，想不出该回答什么。

“算了，”知理子说，“我当时没有任何证据，但是有唯一的希望，就是电脑，绘美曾经用来写小说的电脑。小说的数据虽然全被删除，但我觉得也许还有复原硬盘的可能。”

“复……复原了？”

“有很多手续要办，花了不少时间，五年前才完全复原。但不枉费花了那么多精力，证据的质量非常高。”

“质量?”峰岸正皱着眉头，甜品——车厘子巧克力蛋糕已被送上餐桌，巧克力还被做成了爱心形状。

“硬盘上一共复原出六部长篇小说和九部短篇小说，还有很多小说素材，其中一部短篇，就与你在床上告诉我的那篇一模一样，另一部长篇则与你获得新人奖的那部作品几乎全文一致。根据我细致的调查，你迄今为止发表的所有小说几乎都是绘美的作品，或是以她的素材为基础写成的。还有好几篇是把绘美的短篇弄虚作假改成长篇的，但那些都是烂作品。”

峰岸的视线落在餐桌上，却完全没心思吃甜品。

知理子说的全是事实。

和知理子一样，他与藤村绘美也是在社团聚会上认识的。因为是他喜欢的类型，所以是他主动接近了绘美。而绘美也很中意峰岸，所以两人很快就开始了交往。

交往没多久，他就知道了绘美有意成为作家的志向，觉得很吃惊。因为他自己也是如此。而令他更为吃惊是在读完绘美声称“只是习作”作品的时候。

峰岸当时很愕然，因为那完全不像是二十几岁小姑娘能写出来的作品，不仅文笔老练，登场人物生动鲜活，故事也奇趣盎然，作为推理小说可谓魅力十足，而且情节设置上几乎没有任何破绽，与他自己的作品相比，简直有天壤之别。

这天，他趁着绘美洗澡的时候，用移动设备悄悄复制走了绘美电脑里名为“习作”的整个文件夹。他当时并没有多想，只是想作为自己写小说的参考。

但是当他在自己的房间里读着那些作品的时候，觉得自己受到一股强烈的诱惑——他想从中选一篇去参选新人奖。峰岸自己曾经多次投稿，但迄今为止的最好成绩也只是通过第一轮筛选。

而且这种想法变得日益强烈起来。终于，他还是拿着绘美的作品署上自己的名字投了稿。他当时没想过会获奖，只是觉得，要是能通过第二轮筛选，就能拿出去炫耀一番。

然而他没想到，那部作品居然进入了最终审核，这大大地超出了他的预料。联系他的编辑还说：“就个人意见而言，我觉得这是最有希望获奖的作品。”

于是他急了。事到如今，他没法坦言这并非自己的作品。

他骗绘美喝下安眠药，然后用绳子勒住绘美的脖子，但他几乎没有任何罪恶感。峰岸当时一心只想着：只要绘美死了，那个名为“习作”的文件夹就能完全属于自己。回头去想，也许从他用移动设备复制资料的时候就已经开始萌生了邪恶的念头。

他把绘美电脑里的数据全都删除，而且他觉得，如果警方认定绘美是自杀，就应该不会有人去复原她的电脑数据。

峰岸盯着知理子，心里盘算着要想个办法让这个女人闭嘴。

“很遗憾，那些不可能成为证据。”

“为什么？”

“因为没有客观性。就算电脑里有内容与我的作品看上去很相似的文档，也不能证明是我剽窃了谁的作品，也可能是有人先读了我的作品，再把数据存入了电脑，不是吗？”

听到这里，知理子胸有成竹地眯起眼：“电脑里有一部短篇，和你两年前发表的作品几乎一模一样。我刚才说过，数据复原是五年前的事。”

“只有你说是五年前。”

“不只是我。”

“还有别的证人吗？是帮助你复原数据的人吗？你怎么证明你们不是串通好了的？”

“鉴证科。”就像经过咀嚼似的，知理子一个字一个字地说出口，“他们总不会和我串通吧？”

“鉴证科？”

知理子从放在一旁的包里拿出一沓资料，放在餐桌上：“如果全部打印出来，实在太多了，所以今天我只带了一部分过来。这是鉴证科的报告书，请你看一下上面的日期，是五年前，没错吧？”

“这……这算什么……”

“我不是说了嘛，是报告书呀！上面清清楚楚记录着从藤村绘美电脑里复原出的数据记录。”

“你骗人！”

“什么意思？”

“这种资料怎么会在普通人手里？肯定是伪造的！”峰岸将报告书扔在桌上。

知理子叹了口气：“你把刚才那个盒子打开看看？”

“盒子？”

“巧克力盒子。”

“干什么？”

“打开就知道了。”

峰岸一脸疑惑地从纸袋里取出四方形的纸盒，拆开包装纸，打开四方形的盒盖。看到里面的一瞬间，他顿时吓得手足无措。纸盒落在地上，盒子里的东西也跟着掉了出来。

那是一副银色的手铐。峰岸呆呆地看着知理子，看到她手里似乎举着什么东西。好一会儿，他终于看清——知理子手里亮出的是警视厅的警官证。

“请允许我重新自我介绍一下。我是警视厅搜查一科的津田知理子。”

5

知理子从地上捡起手铐："抱歉，这个吓到你了吧？"

峰岸一句话都说不出口，脑中乱成一团，没有任何头绪。

"所以——"知理子一边说一边收拾桌上的资料，"这些都是真的，是办过正规手续后制作而成的材料。作为庭审材料，完全没有任何问题。"

峰岸茫然地看着知理子将资料装回包里。"没想到你居然是警察……"他好不容易说出话来，"你刚才还说你只是普通的公司职员，负责人才派遣。"

"其实警察经常会把所在的单位叫作'公司'，而我说'人才派遣'也算是事实，比如派人去盯梢、跟踪。"

峰岸觉得有些喘不过气来，松了松自己的领带。

"做警察，"知理子说，"其实是我从小的梦想，但是起到决定性作用的还是绘美的死。我一直想要亲手侦破她的案子。之所以花了那么多年去恢复她的硬盘数据，就是为向上级申请重新启动调查程序做准备。虽然从警校毕业的时候我的成绩排名第一，但刚进警视厅的时候，大家都当我是个小丫头，根本没人把我说的当回事儿。为了说服上级，我费了不少功夫。"知理子继续说，

“你把刚才给你的那封信也拿出来吧。”

峰岸无言地从纸袋里掏出信封。知理子却一把抢了过去，从信封里抽出一张叠好的文件，在峰岸面前展开——那是一张逮捕令。

“我们怀疑你与藤村绘美被杀案有关，这是对你的逮捕令，你被捕了。”知理子以淡然镇定的口吻说道。

“等一下！我不是凶手，我没有杀她。”

“有话去审讯室再说。”

“你听我说！小说是我偷的，我确实剽窃了她的作品，这一点我承认。但那只是一时兴起。送去参选也大半是出于好玩，没想到居然会获奖，但当时已经回不了头。仅此而已。我没有杀人。”

“你是什么时候删除她的电脑数据的？”

“是在……她遇害前。”

“绘美遇害前？如果她知道电脑里的数据没了，不大吵大闹才怪！”

“也许是因为她当时还没发现。总之，不是我杀的。没有任何证据可以证明是我杀的，不是吗？”

知理子双手抱臂，直视着峰岸：“我有话问你。你自己有本事写小说吗？”

“当然有。”虽然不知道知理子为何现在要问这个问题，但峰岸还是回答说，“之前我自己也写了几部作品。”

“我知道。你的作品我全都查阅过，很遗憾，除了以绘美作品为模板的小说，其他都是烂作品。就你那点儿水平，连给她提鞋都不配。你自己应该也已经意识到了，不是吗？”

峰岸词穷。知理子说得没错，虽然他也曾努力写过几篇，但最近已经完全丧失了信心。

“你觉得我为什么会拖到现在才来见你？”知理子问，“五年前就已经复原了数据，我却一直忍到今天。你觉得这是为什么？”

峰岸默默地摇摇头，他完全想不出理由。

“因为我在等你，等到你把绘美的素材用尽的这一天。这时候你就会逼不得已地去碰那部作品，那部禁忌之作。”

“禁忌之作？”

“被杀之前，绘美正在执笔一部长篇小说。但是你没法盗用那部作品，因为那部作品尚未完成。你不知道那部小说的结局是什么。你也根本想不出绘美为那部小说设定了怎样的结局，所以之前你一直都没碰那部作品。但是去年春天，你接了发表连载的工作，而你自己却早已什么都写不出来，于是不得不把手伸向了那部作品。刚开始连载的时候，你以为你自己可以想办法写下去，但你太高估自己了。绘美所写的部分被你用得所剩无几时，你却依然想不出接下去的故事发展。结果，你只能无奈地使出最后的杀手锏，就是所谓的‘暂时停止更新’。”知理子的眼睛似乎在闪光，“当然，我说的就是《深海之门》，就是你声称‘写不下去’的那部连载小说。”

峰岸喘着粗气，一切正如知理子所说。“这与案件有什么关系？”

“有很大的关系。连载停更前，你最后一次发表的内容，正好是绘美的小说中断的地方。你很清楚，那是她在这个世界上最后写下的文字。”

“那又怎样——”话刚说到一半，峰岸突然意识到了什么，脸色一下子变得惨白。

“你似乎终于明白我要说什么了吧？”知理子嘴角扬起微笑，“我不仅恢复了硬盘数据，还让鉴证科弄清了文件夹的创建与使用时间。绘美最后一次执笔那部未完成的小说就在她遇害的那一天。我猜测，她当时趁着心爱的恋人还没到来，正在房间里进行写作。而知道这最后一个文本数据的内容，就意味着那一天你去过她的房间。”

“就算我去过她的房间……”

“你还想狡辩说没碰过绘美一根手指？还想说你只是默默地在一旁看着她自己上吊？或者你想说你到她家的时候她已经死了？但你没管她的尸体、什么都没做就走了？你就衷心祈祷法官能信你这种鬼话吧！”

峰岸迅速站起身，拔腿就想往出口跑，却不由得愣在原地，因为好几个男人已经将自己团团围住。这些人刚才还装成客人坐在周围，其中就有那名侍酒师。所有人都目光威严地盯着峰岸。

“这家店的老板是我爸爸。”峰岸背后传来知理子的声音，“虽然情人节本可以大赚一笔，但我向他说明情况后，他还是勉强同意让我今天包了场。”

峰岸回过头问：“为什么搞那么大的排场……”

“为什么？当然得大排场了！为了举杯庆祝这积存了整整十年的念想。对你来说也很好，不是吗？你以后不用再苦恼没有素材写小说，也不用再辛苦装什么小说家，可以彻底放下包袱了。”

峰岸对知理子的话完全没法反驳。一方面因为罪行败露，他觉得已然绝望；但另一方面，在他心里的某个角落里，确实有着知理子所说的那种感觉。

“带走！”知理子的声音听起来冷静而又严肃。

两名强壮的男警官分别从峰岸的身体两侧擒住了他的双臂。只这一招，峰岸就觉得自己完全动弹不得。

“主任，您呢？”扮成侍酒师的男警官问。

“我稍后过去，甜品还没吃呢。”知理子说着，将巧克力送进嘴里。

今夜一个人过女儿节

第十年的情人节

1

三郎回到家的时候已经快夜里十一点了。因为一个人住，所以独栋小屋里没人为他留一盏灯，整个家里一片漆黑。他推开有些生锈的房门，只听到金属摩擦的声音，接着就是一片寂静。

进家门后，他首先去洗手间洗手。这是女儿年幼的时候夫妻俩为了给她做榜样而开始的“家规”，现在已经完全成了一种习惯。虽然不知道到底产生了多大的效果，但他觉得，至少自己再没得过流感。

解开领带，脱下上衣，他来到客厅坐在沙发上，一下子觉得疲惫不已，喉咙干渴，却完全没力气去厨房拿喝的。

他叹着气横躺在沙发上，眼睛看向客厅的柜子上方。一组相框的中间放着一张加奈子笑着的照片，那是在葬礼上用来做遗像的照片。

三郎开口问已经去了天堂的妻子：“你觉得怎么样？”

当然，照片里的加奈子没有回答。但三郎似乎听到她用那独特的、气定神闲的关西腔说：“我觉得行啊，只要真穗觉得好就行。”

“你很能忍，所以才会和我妈那样的人一起相处了那么久。但我不想让女儿在那种婆家受气——”

三郎重新回忆了一下今天发生的一切。但就是因为做了这番回忆，才让他变得更加闷闷不乐。他本来还想从今天发生的事里挑出些愉快的记忆。

几个小时前，他和女儿真穗一起去了东京市内一家高级料亭，因为要在那里和“那些人”见面。对方不是别人，正是真穗的未婚夫木田修介和他的双亲。

说实话，三郎觉得心情有些沉重。作为公司的技术职员，几乎没什么机会和别人第一次见面就去那么高级的料亭，所以去之前他就觉得自己很不自在。而且对方是女儿未来的公婆，这让他更加紧张。他之前一直在想，如果能不去或是能延期就好了，但这一天还是如期到来。

而且，真穗要结婚这件事本来就让他很意外。虽说女大不中留，但他一直以为那将是很久以后的事，所以一开始女儿向他介绍修介的时候，他还很笃定地以为这两人要不了一两年肯定分手。但没想到，今年过年的时候，修介过来说两人已经决定要结婚了，这让他觉得非常突然。当时，三郎喝到一半的啤酒一下子喷了出来。

据说修介是在圣诞夜求的婚，真穗当场就接受了。这对三郎而言简直就像天方夜谭。

他当时想不出有什么理由可以反对，所以只能茫然地说了句："哦，是吗？那太好了。"当时他满脑子都在想千万不要露出狼狈的表情，不然就太丢脸了。但是之后，他思来想去，越想越不是滋味，那家伙搞什么东西！说什么"已经决定要结婚"？一般而言，那种场合下应该他向我低头请求说："请您同意我们结婚。"但他完全没有"请求"，只是"通知"。当我是傻子吗？真穗也真是的，只是二字当头的年纪，虽说要不了几年就会到三十岁这道坎儿，但毕竟现在还只是二十几岁。最近不是流行晚婚？二十几岁就结婚的女生不是越来越少了吗？新闻里、网络上全都这么说。干吗非要急着结婚？三年前，加奈子蜘蛛膜下腔出血去世的时候，真穗还曾对着遗像保证说：如果老爸有什么，我一定会全力照顾，请老妈不要担心。那些都是假话吗？

他有一肚子的话想要说，但结果一句都没说出口。因为他意识到，这些怨气归根结底只有一个原因：他不想放手这个独生女。

结婚的事似乎进展得很顺利。三郎最近才得知他俩的交往过程。真穗大学毕业后在一家出版社工作，但工作时间非常不规律，所以开始工作的同时也开始了一个人的生活。虽然偶尔会打电话给三郎，但几乎没有直接见过面。关于木田修介，三郎知道的并不多。只知道他老家在东北，作为实习医生来东京的医院工作。至于他家里是什么情况、是从哪所大学毕业的，三郎觉得自己好像曾经问过，但没当回事，早就忘记了。

如今真穗快要结婚了，所以他开始特别在意修介的事。

今天在前往料亭的路上，听真穗说起木田家的事情时，他非常吃惊。木田家经营着一家县内屈指可数的综合医院，父亲是院长。

“他家居然这么厉害？”三郎不由得停下脚步。

“没跟你说过吗？我记得说过的。”

“我只记得说过他爸爸也是医生什么的……”

真穗让他等等，然后开始划手机，对他亮出一个画面。

手机屏幕上显示的是那家医院的官网。一看到医院建筑物的外观，三郎不由得仰天惊愕。这可不是一般的医院，而是一家大医院。当看到与之相关联的机构一览图时，三郎不由得更加瞪大了眼。不仅有医院，木田家似乎还经营老人院和幼儿园，等等。

“喂！什么嘛，他们家根本就是豪门。”

“好像是吧。我有个同事和他是同乡，问他知不知道木田家时，他说木田家是当地无人不知的大户。”真穗说话时那副气定神闲的语气简直和她母亲一模一样。

“哎哟，你怎么好像事不关己似的？我没想到他们家那么厉害，真伤脑筋。我们家这么穷，怎么配得上啊？”

“我们家穷吗？普通吧。”

“跟他们家相比，我们就是穷人啊。真伤脑筋。”

三郎越想越怕，但又不能逃走不去赴宴，只能硬着头皮走向约定的地方。

来到料亭门口，三郎惊得迈不开脚步。这是他从未进去过的超高级料亭，洋溢着一种只有在古装宫廷剧中才见过的高贵气氛。本来就已经畏畏缩缩的三郎觉得更加憋屈，心里埋怨着干吗要选这种店见面。

“据说木田家的人来东京的时候常在这家店吃饭。”真穗说，“还说这家店上一代的店长和修介的爷爷很熟悉。”

三郎叹了口气。还没见面，就觉得自己已经被完全压倒。

和修介一起在料亭里等候的是一位个子不高却感觉非常沉稳、很有气派的男人，还有一个长着典型日本面容的女人。双方正坐寒暄过后，三郎等人纷纷落座。

三郎已经不记得一开始说了什么。好像他们问了问他工作和身体方面的情况，三郎客套地回答了一下。之后，因为真穗什么都没说，所以他也没敢随便开口。

木田夫妻的穿着打扮给三郎留下了深刻的印象。木田父亲一身合体的西装，一看就是定制的高级货，材质也闪着只有高档衣料才有的哑光光泽。木田母亲穿的衬衣看上去是真丝材质。吃寿司的时候，三郎还瞎操心地担心万一酱油不小心溅到他们那么昂贵的衣服上该怎么办。

饭吃到一半的时候，三郎开始稍稍放松下来，说的话也多了起来。看到三郎没那么拘束之后，木田母亲开始提及两人结婚的事。换言之，就是关于两人结婚之后打算怎么过的问题。三郎一开始没听明白这个问题的含义，所以回答说："当然由他们自己决定。"

这话一出，对方的父母立刻露出严肃的表情。

"也就是说，您也知道那件事了？"木田母亲问。

"那件事？"三郎歪着脑袋，不知道对方所指何事。

这时，一旁的真穗开口说："我还没对我爸说过。"

"是吗？但令尊刚才说让你们自己决定，对吧？"木田母亲笑着对三郎说。

“呃……到底是怎么回事啊？”三郎挠着脑袋，回以笑脸。

木田母亲对儿子说：“你们来解释一下吧。”

“好的。”修介对三郎说明了一下，但他说的内容让三郎的脑袋里瞬间一片空白。

因为修介的实习期马上就要结束，所以打算实习结束后就结婚，与此同时，他会回老家，在自家的医院里工作。当然，真穗也会一起跟去。

“啊，但是——”三郎看着真穗，“你的工作怎么办？”

“那……”女儿的言辞有些含糊。

“工作肯定是没法继续做了。”木田母亲笑着说，“总不可能从我们老家往返东京来上班。而且医生的工作属于重劳动，必须有人在家里守着那个家。”

“你做得到吗？”木田母亲问真穗。

“嗯。”真穗点点头，但看上去有点儿勉强。

“大家都在老家翘首以盼呢。”木田父亲笑着说，“他们都说修介不早日来医院上班他们就不能安心，好像都在盼着我快点儿上天堂。哈哈哈！”

之后虽然也有交谈，但三郎已经完全没了兴致。真穗不仅要结婚，还要嫁去远方。这让三郎深受打击。

2

三郎从冰箱里拿出啤酒，喝了一口，摇摇头，想想还是觉得不对劲。

对于真穗要嫁去远方这件事，三郎并没有觉得有太大的打击，虽然很遗憾，但如果她是心甘情愿，做父亲的自当支持。但三郎心里有一种难以名状、挥之不去的不安，因为他觉得事实并非如此。

真穗从小就喜欢看书，即使天气好的时候也不太外出，就喜欢待在屋里看书。所以真穗说希望进出版社工作时，三郎非常认同，因为她之前就常说自己的梦想是制作精美的图书。

但现在那个梦想怎么办？打算就此放弃了吗？她不是经常说非常喜欢现在的工作、做得很开心吗？怎么可以那么轻易地放手？

三郎觉得女儿是为了自己喜欢的男人才忍痛选择放弃梦想。因为对方是长子，必须继承家业。但应该不用马上就回对方老家吧？难道没有什么折中的办法吗？

另外，木田家是当地的大户，这一点也让三郎有些担心。事实上，饭后他一个人的时候用手机搜索过木田家的情况，结果发现当地的大部分企业都与他们家有关系。

三郎很担心女儿一个人嫁进这种人家会不会受欺负。那种大户人家的亲戚里一定会有人很多嘴，会对她这个来自东京的长媳说三道四，评头论足。

真穗是个老实的女孩，不是想什么就说什么的性格。她一定会为了顾全大局而选择逆来顺受，委曲求全。短时间内，也许还行，但时间长了，精神上肯定会出问题。那个叫修介的男人看上去虽然是个有礼貌的好青年，但他能不能保护好真穗呢？

三郎越想越郁闷。他朝墙上的挂历看了一眼，二月马上就要过去，具体的婚期还没确定，但据说他们想选在秋天结婚。

三郎感觉正月仿佛还在昨天，没想到已然快到三月。这么看来，秋天也是一眨眼的工夫就到了，然后就要看着真穗远嫁他乡。

三郎手里拿着啤酒，在沙发上坐直了，呆呆地望着这煞风景的室内。突然，他想到了那套日式人偶。那是真穗出生后过第一个女儿节的那年，三郎母亲送给真穗的礼物。直到真穗上中学为止，每年过女儿节，都会拿出来摆好。

如果过了女儿节还不赶紧把人偶收拾起来，女儿就会晚出嫁——三郎的母亲经常这么说。现在想来，之前应该每次都晚点儿收起来。但三郎自知这么想只是徒劳。

那套人偶现在在哪里？

肯定没扔。三郎记得在加奈子死后，整理她遗物的时候好像见过。

三郎放下手里的啤酒罐，站起身来。他的性格就是如此，一旦想到了，不弄清楚就会坐立难安。

他打开卧室里最顶上的橱柜，看到一只熟悉的纸箱，上面用记号笔写着“人偶”。三郎有些意外，没想到居然一下子就找到了。

纸箱一共有两个。三郎把两个纸箱都搬到客厅，擦去灰尘，打开盖子，看到人偶一个个被纸包得好好地收放在里面。数量还不少。三郎数了一下，光是人偶就有十五尊。看着这些人偶，三郎突然想拿出来摆设一下，希望摆好之后，自己的心情也会跟着好起来。

首先，他开始搭摆放人偶用的祭坛。祭坛一共有五层，鲜艳的红色至今保存良好。接着，他一个个地打开包人偶的纸团，每尊人偶都还保存得不错。

然后——

正打算摆放人偶的时候，三郎停下了手。因为他不知道该如何摆放。他朝箱子里看了看，没找到类似说明书之类的东西。

三郎拍拍膝盖站起身。他想到只要看一下相册就行，因为里面有好几张女儿节时拍的照片。

他从寝室里拿出好几本相册，打开一看，里面全是真穗的照片，几乎没有他们夫妻俩的。

他找到女儿节的照片。那时候真穗还是个幼儿，穿着和服。当时为了让她确认自己的着装，还拍了她的背影照。从还没懂事的年纪起，她就是个爱漂亮的娃儿。

三郎仔细确认每年女儿节的照片。每年，照片的构图都差不多，只有真穗的模样一年一年地在变化。

三郎叹了口气，看了照片才想起真穗那些年的模样，他真心希望如果时间能够停止就好了。

他摇摇头，继续确认照片。他找到一张单独拍人偶的照片，然后以此作为参考，开始将人偶一尊尊地放上祭坛。这时候，他又想起了自己的母亲，因为以前都是由他的母亲摆放人偶的。

三郎的母亲是很强势的女性。因为父亲死得早，所以他的母亲只能一边工作一边养他。记忆中，三郎从没见母亲服过软。她对三郎非常严格。三郎如果成绩下降了，必定会挨骂；在外面打架哭着回家了，就会被母亲赶出去，还会被她吼："是男人就打回去！"

当然，对加奈子而言，她也是个严厉的婆婆。母亲觉得这个家是亡夫留下的，所以当然属于她；而嫁到这家来的儿媳当然应该凡事都听她的。每次稍有不顺心，母亲必定破口大骂。三郎好几次看到他母亲说加奈子做饭的方法不对，命令她重做。

因为实在看不下去，他曾拜托母亲不要那么多事。母亲却以为是加奈子从中挑拨，气得眼角吊起。他解释说并非如此，但母亲就是不信，还恶狠狠地责怪三郎，说他太宠老婆，所以才导致加奈子始终成不了一个好主妇。

三郎没办法，只能背地里向加奈子道歉，对她说，也许她想和老人分开住，但还是希望再给他点儿时间。

“没事。”每次加奈子都是笑着点点头。多亏加奈子那么能忍，三郎的日子才好过不少。如果换了别人，估计早就逃走了。

那么严厉的母亲对孙女却很温柔。只要是真穗说的话，就什么都答应。这套人偶也是。他母亲当时说：“第一次过女儿节，绝不可以弄些寒酸的便宜货来装饰。”于是买来了五层的豪华成套人偶。

三郎想起当年母亲和真穗一起摆放人偶的情形。母亲没能等到孙女的成人仪式就撒手人寰。发现她身患胰腺癌的时候，为时已晚。

母亲死后，三郎觉得加奈子似乎轻松了不少。事实上，她确实看上去比以前快活很多。但这样的日子并没有持续太久。加奈子没有任何前兆地突然倒下，匆匆离世。

听到死因是蜘蛛膜下腔出血时，三郎觉得非常难过。因为他听说过劳之人经常会因此倒下，据说发病的原因之一就是压力太大。不难想象，长年以来，加奈子一直背负着巨大的压力。如果真是如此，三郎觉得自己也有责任。

回过神来，三郎还是非常担心真穗。光是远嫁去陌生的地方已经够受罪了，还要被名门望族的三姑六婆密切关注，被大户人家的各种繁文缛节束手束脚，那样的生活一定会让她的精神承受巨大的负担。

一想到这些，三郎觉得女儿太可怜了，自己必须做些什么——就算自知想也是白想，但三郎还是忍不住想了又想。

终于，人偶摆放得差不多了。只是少了一个小零件。

看照片上，男人偶右手应该举着一块细长条的牌子，上面写着“御内里样”的字样，但三郎就是找不到这个小零件。他觉得也许已经弄丢了。

三郎决定不找了。他望着人偶，伸手去拿啤酒罐，但里面的啤酒已经完全不冰了。

3

几天后，三郎和真穗一起来到某家酒店。这是真穗准备举办婚礼的候选场地之一，今天是来这里试吃婚宴菜肴的。是真穗拜托三郎一起来的，据说她本来约了和修介一起，但修介因为工作太忙没能过来。

一听到可以吃迷你全套法式料理，三郎就来了劲儿。他满心欢喜，因为好多年都没和真穗两个人一起吃饭了。

但他一来到酒店，却失望不已，因为木田的母亲也来了。

听木田母亲说，前几天修介说起试吃会的事时，她就决定今天也来参加。

“婚宴上来的都是平日里给予我们诸多关照的人，而且他们都是带着祝福来的，所以必须非常重视婚宴的菜肴。如果只交给年轻人来决定，他们肯定不知道长辈们喜欢的口味，而且很多细节也都不会去注意。我其实不想多干涉，但这种事情上还是要帮他们把把关。您也是这么想的，对吧？”

没想到木田母亲滔滔不绝地一口气说了那么多。三郎只能暧昧地回答说：“嗯。”与此同时，他也明白了真穗为何要叫他来一起参加试吃会。如果只有未来的婆媳一同用餐，肯定会尴尬到无话可说。

试吃会在酒店的宴会厅内举行。为了让大家能有亲临婚宴现场的感觉，主办方安排大家在圆桌落座就餐。三郎看了一眼周围，大概有五十个人参加这次试吃会，大部分都是成对的年轻人，但也有不少看上去和他一样年纪的。看到跟着新人来试吃的家长不只是自己，三郎觉得稍稍松了口气。

没过多久，料理就被送上桌来。先上的是冷盘开胃菜，白色的碟子上摆放着精美的食物。送餐来的服务员认真地向大家介绍每道菜的食材与烹饪方法。

“你说这是‘周氏新对虾’？”木田母亲抬头看着服务生，“是真的吗？不会是用‘南美白对虾’冒充的吧？产自哪里？”

“呃——”刚才还沉着镇定的服务生一下子慌了神，“非常抱歉，我去确认一下。”然后匆匆离开圆桌。

木田母亲从鼻子里发出一声“哼”。

“最近仿冒的食品太多了。虽说这里是高级酒店，也不能掉以轻心。你也这么觉得，对吧，真穗？”

“是的。”真穗点点头。看到木田母亲动筷后，她才伸手去拿餐具。真穗似乎觉得不能比未来的婆婆先吃，所以一直等着。

过了一会儿，刚才的服务生走了回来。

“抱歉让您久等了。我刚才向这里的厨师长确认过，这是佐贺县有明出产的正宗‘周氏新对虾’，请您放心享用。”

“是吗？知道了。我本来以为像产地之类的，你们应该能脱口而出。”木田母亲边吃边说，脸上的表情冷淡得让人觉得可怕。

“非常对不起。以后我们一定多加注意。”服务生深深地鞠躬致歉。

“知道了，下去吧。”

服务生一边告辞一边退下。看着服务生离去的背影，三郎心想，这服务生一定在叹气自己运气不好，负责的一桌上有这么一个超级麻烦的客人。

吃完冷盘后，木田母亲从包里拿出笔和记事簿。

“服务生不够专业，但菜的味道还不错，器皿的品位只能说一般。”木田母亲边说边记录下她的评语。

之后每上一道菜，木田母亲都会一边自言自语一边做笔记，还时不时地询问有关食材和烹饪方法的问题。之前的那名服务生神情紧张地一一作答。三郎想象着服务生临阵磨枪地把这些相关知识都死记硬背下来的模样，觉得他好可怜。

木田母亲严厉的态度不仅仅针对料理与服务生，她对参加试吃会的其他客人也都一个个地评头论足。

“看来好多人都不懂餐桌礼仪，估计没受过这方面的教育。”她皱着眉头说。

三郎非常忧心，觉得她背地里很可能也一直在数落真穗的不是。他从没教过女儿什么餐桌礼仪。他自己也完全不懂这些规矩。

终于，最后的甜品和咖啡被送了上来。吃完后，三郎舒了一口气说：“真好吃，偶尔尝尝法式料理也不错。”

“很一般了。”木田母亲眯起眼，“最多算刚及格吧。”

“您对料理真是博学多识，实在佩服！”三郎低下头。这话并非揶揄，而是出自真心。

“也没有了，我还在学习呢。”木田母亲将视线转向真穗，“真穗，下个月开始，你可得好好努力了。”

“好的。”

三郎看看真穗，又看看木田母亲：“下个月有什么事啊？”

“料理教室。”真穗回答说。

“料理……”

结婚后就得为丈夫做饭，这是理所当然的事。但三郎之前完全没想过。

“那间学校的总部在巴黎，非常有名，在日本各地都有分校。”木田母亲说，“我嫁入木田家之前也曾在那里学习。”

“啊……哦……原来如此。”

“真穗得在那里好好学，之后就能为家人做出美味佳肴，对吧？”

真穗回答“是”。看到女儿回答时的那副模样，三郎觉得自己都快哭了。他这才领教到，刚才的服务员就像前车之鉴，嫁入木田家后，女儿就会变成那个服务生的角色：她会不断地被点评，被打分，而给她打分的不仅有木田母亲，还有木田家的一大群亲戚，所有人都会重点关注这个嫁入木田家的新娘。光是想象一下，就让三郎觉得喘不过气来。

4

离开试吃会的宴会厅，木田母亲去了洗手间。三郎和真穗在酒店大堂等着。

“真穗，你真的没事吗？”

“什么事？”

“你真的可以吗？不要太勉强自己。”

真穗笑着说：“完全没有啊。”

“但是在陌生的土地上，被那么厉害的一大家子围着……感觉会很辛苦啊？”

“嗯，也许吧。”

“什么叫‘也许’啊。”

“但你不用担心，我身体里流着我妈妈的血呢。”

“你想说，你也很能忍？”

“忍？”真穗歪着脑袋，咯咯地笑了起来，“老爸，原来你真的什么都不知道啊。”

“你说什么啊。”

“你在说奶奶的事吧？我妈妈可没有忍。”

“是吗？你怎么会知道？”

“我就是知道，而且知道的还很多哦。”

“很多？”

“比如——”真穗用食指指了指三郎背后，“那个。”

三郎回头朝身后看去，看到一套大型人偶。

“人偶怎么了？”

“我们家也有一套，你还记得吗？”

“当然记得。”三郎打算暂时不提几天前自己刚搬出那套人偶的事，“怎么了？”

真穗没有回答，只是暗含玄机地笑了笑。

不久，看到木田母亲朝他们走来，三郎有些着急，小声催促道：“快说呀，到底怎么回事？”

“那是个秘密，你自己想想呗。”

“秘密？喂……”

木田母亲走近说：“久等了。”看到两人的神情，又问真穗，“怎么了？”

“没什么，我爸说刚才那顿挺好吃的。”

“确实算不上差。”木田母亲转向三郎低头说，“今天谢谢您的作陪。”

“没有，应该我说谢谢。”三郎慌张地回复道。

真穗送木田母亲去东京站。目送两人坐上出租车后，三郎回到酒店大堂，站在刚才那套人偶面前。

这是一套七层式的豪华人偶，每一尊人偶和饰物都很大。

真穗刚才说的那句“你原来什么都不知道啊”让三郎很纠结，到底真穗说的什么事他不懂？到底怎么个不懂法？

无论怎么看眼前这套人偶，三郎都觉得看不出什么名堂来。正当他打算离开的时候，突然注意到一个细节，于是再次把目光转向人偶。

果然如此！没错，就是这个！

三郎东张西望地朝四周看了看，想找找有没有酒店的工作人员。一名穿黑色套装的女子主动走上前问：“请问有什么可以帮您吗？”三郎看她胸口的名牌，确认她就是酒店的工作人员，嘴角紧致，是个美人。

“这两个的摆放位置有些奇怪，左右弄反了吧？”三郎指着祭坛从上往下数第五级的两端问，这一级的两端装饰着不同的人造花木。

“您说的是樱花和橘树吧？”女子确认道。

“我记得应该是樱在左，橘在右。就像俗话说的那样——‘左近樱，右近橘’。据说人偶坛上的摆设是模仿京都皇宫御所庭院里的樱与橘。”这是三郎母亲曾经告诉他的。前几天，他在摆放人偶的时候也曾想起这段话。母亲也是如此教真穗的，告诉她摆放人偶的时候，樱花放左边，橘树放右边。

“您说的都没错，所以这么放才正确。”

“不对啊，反了呀！现在右边放的是樱花。”三郎指着人偶坛上的樱花说。

酒店工作人员微笑着点点头说：“您刚才所说的‘左和右’不是面对人偶时的方向，而是从皇宫御所看出来时的方向。换言之，是对人偶而言的‘左和右’。”

“啊？对人偶而言的左和右？”三郎转了个身，背对人偶坛，果然，左右对调了，“啊！原来如此。”

“很多人都会搞错。”

“我母亲也是，原来是她一直弄错了。一把年纪，居然还会搞错。”

“这和年龄无关，佐藤八郎也搞错了呢。”

“佐藤八郎？”

“就是那首著名的《女儿节之歌》的作词人。”

“是吗？他哪里搞错了？”

“您知道吗？第三段歌词中有一句是‘红脸的右大臣’，唱的就是这尊人偶。”酒店工作人员指着放在祭坛从上往下第四级

（面对人偶方向）右边位置的人偶，手里拿弓，背上背箭，留着白色长须，确实脸色稍稍偏红。

“哪里搞错了？……啊！”三郎张大了嘴。

“您发现了吧？”

“左右对调了！那不是‘右大臣’，应该是左大臣。”

“没错，仔细看一下就会发现，他比（人偶视角）右边的人偶看上去年长吧？当时的左大臣比右大臣更尊贵。”

“是吗？原来左大臣比右大臣更厉害啊。”

“是的。但如果再说详细些的话，其实这尊人偶也不是左大臣。”

三郎听得瞪大了眼：“啊？是吗？”

“您仔细看一下。他们的背上都有箭，对吧？其实他们是负责警备的武官，比左大臣和右大臣的官衔都要低。”

“原来如此，之前完全不知道。”

“因为那首歌太有名，所以现在大多数人都以为那就是左右大臣。”酒店工作人员带着笑脸，视线继续向上，“说实话，佐藤八郎的歌词里还有一个重大错误。”

“哪里？”

“‘御内里样’与‘御雏样’的歌词部分有错，其实那两尊人偶的正式称呼应该分别是‘男雏’与‘女雏’，两者合称才为

‘御内里样’。”

“是吗？这可是第一次听说。我一直以为那两尊人偶分别叫‘御内里样’与‘御雏样’。”

“只能说那首歌的影响力实在太大了。据说后来佐藤八郎自己也发现错了，后悔不已，毕生都讨厌那首歌呢。”

“虽然他也蛮可怜的，但也真的好有趣。”三郎注视着名为“男雏”与“女雏”的两尊人偶，看着看着突然产生了一种异样的感觉。“好奇怪，你刚才说左比右尊贵，但从这里看过去，男雏在左侧，从人偶的视角而言，就是在右侧，这是怎么回事？”

“您发现了一个很有趣的问题。”酒店服务员微微挥了挥右手，“其实历史上‘男雏’确实曾被放置在（人偶视角）左侧，而且京都等地现在亦是如此。”

“那为什么这里要反着放？”

“是受大正天皇的影响。日本最初举行结婚仪式的是大正天皇，当时他就站在右侧。所以自那以后，人偶的摆放位置也随之发生了改变。”

“原来如此。你懂的好多啊，就像是人偶学博士似的。”三郎看着酒店工作人员说。

她苦笑着摆了摆手：“哪里哪里，我只知道些皮毛。每年一到这时候，就得重新学习。”

“但已经很厉害了。顺便请教一下，‘男雏’手里拿着的又细又长的那块牌子是什么？”

“那是‘笏’。”

“笏？”

她从口袋里掏出记事簿，用圆珠笔写下一个字：“是这个字。”

她继续解释道：“原本是朝廷议事的时候用来记事的手板，算是现在的‘便签’吧，之后就渐渐变成一种装饰了。”

三郎觉得她解释得非常浅显易懂，心中不由佩服道：这哪里只是“皮毛”的程度！

“原来如此。”三郎抬头看着“男雏”，想着自家那尊人偶手里也应该拿块“笏”。

5

回到家洗完手，三郎来到客厅确认人偶。果然樱花和橘树放反了。

自己居然一直搞错了。

他赶紧将两株花木对调，顺便还对比了一下左大臣和右大臣。和酒店的那套不同，自家的这两尊人偶没太大差别。

接着他又看了看那尊“男雏”人偶，果然手里没块“笏”就觉得缺了什么。

之前装人偶的纸箱还没收起来，于是三郎又去箱子里找了一下。突然，从之前用来包人偶的纸团里掉出一样小东西，捡起来一看，果然就是笏。前几天找了很久都没找到，今天却得来不费功夫。

三郎打算让“男雏”人偶手里握住笏。人偶的右手上有个小洞，就是用来插笏的。按理说，直接插进去就行。

但是，这块笏怎么也插不进这个洞里。三郎觉得很奇怪，仔细看了一下笏，终于找到了原因。原来是上面粘了什么东西，定睛一看发现是干了的胶水。

这个地方怎么会有胶水？

三郎又确认了一下人偶，发现人偶的左手部位也有涂过胶水的痕迹。这究竟是怎么一回事？

他反复回忆着酒店工作人员说过的话，想从其中找到解谜的线索。

没过多久，突然有一个念头闪过他的脑海。他再次打开还没放回去的相册，寻找女儿节的照片。

果然，所有照片上都是“男雏”人偶左手握笏。人偶本身是设计成右手拿笏的，所以左手拿笏的时候看上去有些不自然。也就是说，有人故意用胶水让人偶变成了左手拿笏。

那个人到底是谁？不可能是三郎的母亲，真穗也没理由那么做。如此看来，只剩下一个人。

三郎在人偶面前盘腿而坐，仔细想了一下，不由地“扑哧”笑了起来。

原来如此，原来是这样——

加奈子是土生土长的京都人，不可能不知道“左近樱，右近橘”的规矩。她应该早已发现三郎母亲摆放人偶时的错误。但她并没有予以纠正。为什么？一方面她可能不想惹婆婆不高兴，但除此以外，她应该还有别的用意。

三郎翻着相册，看到几张照片后，证实了自己的猜测。

每年女儿节，真穗都会盛装留影。其中必有一张站在镜子前的照片。仔细看去，镜子里也有全套人偶。因为是镜中成像，所以左右刚好相反。

而镜中左右相反的成像恰恰是樱与橘的正确摆放位置。而且，“男雏”与“女雏”人偶的位置也因此左右对调。

“男雏”人偶曾被放置在左侧，京都等地现在亦是如此——三郎想起了酒店工作人员说过的话。

作为京都人的加奈子肯定想按京都的方式给真穗过出生后的第一个女儿节。但三郎的母亲自说自话地买来了人偶，还想当然地按照关东的方式，将“男雏”放在正面看去的左侧。

但是在摆放人偶的时候发生了一个意外——樱与橘的位置放反了。加奈子见状，想必已经察觉到婆婆的错误。所以她就用胶水将笏粘到了“男雏”人偶的左手上。只是一个小小的改变，三郎的母亲并没有察觉。

到了女儿节当天，为了表示庆祝，全家拍照留念。但对加奈子而言，却进行着一场秘密的仪式。她故意让真穗站在镜子前为她拍照，而镜子里能看到全套人偶，因为对加奈子而言，那才是真正的人偶坛，是生她养她的京都的传统摆放方式。

孙女坐在自己买来的人偶坛前，三郎的母亲当然是满心欢喜。然而，看着这样的婆婆，加奈子也许正暗暗地吐舌——婆婆大人，你那种摆法左右相反了哦！镜中的模样才是正统的摆放方式。

三郎朝客厅的橱柜上看去，视线与相片里的加奈子四目相交。

“真有你的！”三郎不由地脱口而出。

他突然又想起真穗说过的话——

老爸，你原来什么都不知道啊。

他终于心领神会地点点头。真穗早就发现了母亲的这一面，所以才知道其实加奈子一直都没有强忍。她明白，不用强忍，也有办法让自己乐哉乐哉地克服难关。

三郎觉得自己应该不用再担心了。

他拿起啤酒罐站起身来，接下去，一个人过女儿节。

为你的眼眸干杯

第十年的情人节

1

也许因为这天是星期天，又时隔多日终于晴空万里，马券销售大楼里人声鼎沸。这栋建筑物看上去就像一栋时尚大厦，让人不由感叹 JRA（日本中央赛马会）真的很赚钱。看着在此进进出出的人们，不得不感慨时代不同了，毕竟现在已经可以在网上购买马券，而特地跑到这里来买的都是些几乎与网络无缘的大叔、大婶们，甚至是年纪更大的大爷、大妈们。不过，从他们炯炯有神的眼睛里完全看不出“廉颇老矣”的感觉，而是充满了“今天一定要大赚一票”的豪迈气魄。

我站在离出入口处稍远的地方，一只手拿着赛马报，因为运动鞋的鞋底已经磨损，所以觉得脚底有些疼。这双鞋已经穿了很多年。

这时，我看到阿浜叔朝我走来。他身形瘦弱，穿着一身运动服，背着一只脏兮兮的背包，稀稀拉拉的头发梳成三七开，感觉要是淋到雨，样子肯定会很惨。

“小内，你刚才好像买了马券吧，怎么样？”阿浜叔笑着问我，大大的鼻孔里露出浓密的鼻毛。

“我认死理，盯住一匹买，结果遭殃了。”

阿浜叔听完咯咯地笑着说：“那真够可怜的。”

“您打算去哪儿？”

“我想去露天的居酒屋看看。”阿浜叔右手拿着一罐啤酒，“你呢？”

“我想再坚持一会儿。”

“是嘛，那你加油。再会。”阿浜叔挥了挥手，走远了。

我再一次将视线转向马券销售大楼，那里依旧人潮涌动。每结束一场比赛，光是看那些人脸上或喜或悲的表情，就已经像是在看一出肥皂剧了。

“嘿，内村！”突然听到一旁有人叫我，循声看去，一个穿着马球衫、身形壮实的男人站在不远处。

“哟！”我不由得诧异。此人正是我大学时的朋友，名叫柳田。毕业之后再没联络，已经六年没见了。

“好久不见！你在这里干吗？”

柳田听到我的问题苦笑着说：“那正是我想问你的呢。我和朋友约了来见面，半路上看到有个人，心想这人长得好像我认识的内村，没想到果然就是你。你一个人在这里干吗？”

“来这儿能干吗？看不出来吗？”我扬了扬手里的赛马报纸。

柳田皱着眉头：“你还在玩这种东西？刚才有个怪大叔在和你说话吧？是你认识的人吗？”

柳田似乎看到了我刚才在和阿浜叔说话。

“他是这里的常客。我也常来这里，自然就和他成了熟人。”

“常来这里？你没别的地方可去吗？”

“也不是，我也常去弹子房。”

柳田做出一副厥倒状，一脸难以置信的表情说：“你没事吧？天气这么好的星期天，一个快三十岁的男人在这里干什么？我记得读大学的时候，你好像不是喜欢赌博的人吧？”

“是啊。”我挠挠头说。他的这番话其实有点儿戳到我的痛处。

“你现在做什么工作？你不会没工作吧？”柳田看着我的脑袋，一脸狐疑，因为我的头发染成了茶色。

“当然有，我在一家广告公司做事。”

“哦？具体做什么工作？”

“多是些市场调查的工作，比如到街上找人做问卷调查。”

“是吗？满不起眼的嘛。”柳田说这话的时候显得有些高兴。我猜他一定是刚听到“广告公司”时还以为我做的是那种很光鲜的工作。

“这世上的大部分工作都很不起眼。”我说。

“也许吧——噢，对了，”柳田突然想到什么，“你还是单身吧？”

“很遗憾，确实还是单身。”

“有女朋友吗？”

“要是有女朋友，星期天怎么还会跑来这种地方？”

“也是。正好下周有一场联谊，你要不要去？”

“啊？联谊？”我瞪大了眼睛。

“对方都是模特。本来说好要去的一个人突然临时说去不了，我正在发愁该叫谁补上呢。当然，想去的人有很多，但大家都是一个圈子里的人，就怕事后被人怪罪为什么叫了这个没叫那个。所以让偶遇的大学老友补缺，应该不会有人有意见。”

柳田那张之前在我看来不太讨喜的脸，此刻突然变得高大尊贵起来。

“什么时候？”

“下周二，在六本木。”

话音未落，我立刻握紧了柳田的手：“太好了，我有空。请一定让我参加！”我的眼里满是真切的感情，因为我已经快八年没女朋友了。

2

这家店地处六本木的交叉路口附近，位于总共七层的大楼中的第五层，是一家泰国料理店。店内很宽敞，摆着好几张大桌子，柳田等人坐在最里面的那张桌子旁。包括柳田在内，一共有四个人。

柳田向另外三个人介绍了我。大家的职业各有不同，据说都是通过足球联赛助威团认识的朋友。我一边向他们打招呼，一边逐一观察他们的长相。虽然他们算不上冷淡，但似乎对我都没什么兴趣。也对，他们来这儿的目的本来就不是为了见我这个染着茶色头发的男人。

没过多久，女方阵营粉墨登场。五个人各自身穿艳丽的服装，一下子就让整个店里光彩熠熠。而且她们都是模特，每个人都长得很漂亮，身材也好。

坐在我对面的是五个人中身形最小的女孩，看上去甚至比一般女性的平均身高还要矮。说到模特，一般总给人以高个子的印象，但我觉得，应该也有各种体形的女孩。

给我印象深刻的是她的眼妆，眼黑部分呈现出茶色，应该是戴了彩色隐形眼镜的原因，而且还是那种让眼黑显得大一圈的款式。如果脸型不合适，戴这种可能会看上去像个外星人，但坐在我对面的女生却很适合，圆圆的脸蛋、厚嘟嘟的嘴唇，就像漫画世界里的美少女，正是我喜欢的类型。

我一直盯着她看，她也看了看我，两人的视线对了个正着。柳田提议开始进行自我介绍。先由男方开始，有人说了事先准备好的段子，博得满堂大笑；有人自作聪明，却尴尬冷场。每个人的介绍方式各不相同，我说的最简短，因为我本来就不擅长说自己的事，没有很吸引人，也没有太冷场。

接着轮到女生们介绍自己。虽说是模特，但毕竟不是上电视的艺人，她们也有些不善言辞。大多都是些不痛不痒的寒暄话。也许她们有自信不靠说话仅凭美貌就能大受欢迎。

轮到坐在我对面的女孩自我介绍。她说自己名叫“桃佳”，生于爱知县，今年二十四岁，爱好是看动漫。一听到这一点，我的内心就如小鹿乱撞，因为我也很爱动漫。

互相做完自我介绍之后，就是自由交谈的时间。主持全场的依然是柳田，他就像电视主持人似的，对女生们抛出一个个话题，又对男人们说的话吐槽搞笑。我想起来了，这个男人在学生时代就很擅长这种事。

桃佳似乎对我们这些男人都没什么兴趣，一直在和她身边那个叫马丽娜的女生聊天。马丽娜和另外三个女生也很熟络，但桃佳似乎跟她们并不熟，我感觉她好像被孤立起来了。

“请问——”我鼓起勇气主动搭话，“你喜欢什么样的动漫作品？”

桃佳朝我看来。

“你喜欢恋爱类的吗？”

她完全没有露出为难的表情，而是欣然回答：“恋爱类的我也喜欢，但只要是动漫，我都喜欢。运动类的也喜欢。”

“是吗？运动类的话，最近的《黑子篮球》不错哦。”

“‘黑子’真的很棒。”她笑起来有酒窝。

“同样带‘黑’字的《黑执事》怎么样？”

“超喜欢！”桃佳双手作握拳状，“塞巴斯最棒了！”她说的是漫画主人公的名字。

“这部漫画好像是游戏衍生出来的作品吧？”

“这种类型的我也喜欢，比如《女神异闻录》。”

“我看过电影版的《女神异闻录》，但我喜欢《真实之泪》。”

“噢，那部也很棒。虽然和游戏同名，但动漫作品完全是原创的另一个故事。”

“这正是它的卖点。”

“我也有同感。那你知道《命运石之门》吗？”

“当然，那是动漫迷必看之作。”

“没错！”

我感觉她的双眼正在闪闪放光。

“你们在说什么呀？”柳田突然插嘴。我这才看到大家的目光也都一起转向了我们，似乎因为我们聊得太起劲，声音不知不觉变得太大了。

一听说是在聊动漫，柳田就没劲地垂下头：“哦，你们的二次元世界我们不懂。你们自己聊吧，但拜托小声些。”

“好的。”得到“主持人”的许可，我俩尽兴地聊了很多动漫话题。之后又换了一家店继续聚会，我俩依然有聊不完的话题，结果导致我离开第二家店的时候都没和别的女生说过话。我觉得桃佳也一样，除了我以外，都没怎么和别的男人说过话。

分别的时候，我们交换了联系方式。我有一种预感，美好的未来即将到来。我兴奋得一路滑跳步地回了家。

3

联谊之后刚好过了一周的这天晚上，我和桃佳约在市中心一家吃大阪烧的店里见面。之前我发短信约她出来，她回复说“好”。

她今天也戴了放大眼黑效果的隐形眼镜，在我看来就是可以打满分的动漫妆容。我甚至自我感觉良好地认为：她这么打扮，是为了迎合我的喜好。

上次聊的全是动漫，关于她个人的事情，我几乎一无所知。我想好了今晚要多问一些她的个人情况。

首先，我问了工作相关的事情。我问她最近在做什么类型的模特工作。

没想到她淡淡地回答说：“哦，上次是骗人的。”

“啊？骗人的？”

“嗯，我不是模特，但其他几个估计是。除了我以外，她们几个应该都是模特。你还记得那个叫马丽娜的女孩吗？是她临时把我叫去的。因为怕解释起来太麻烦，所以就干脆说都是模特了。”她说完又补充道，“怎么可能会有我这么矮个儿的模特嘛。”

“原来是这样啊。那你实际上是做什么的呢？”

桃佳喝了一大口啤酒，简短地回答说：“做‘小姐’。”

“哦。”我点点头。原来她在夜店里做陪酒女。

“你很失望吧？”

“没有啊，完全没那回事。我有时候也会去夜店。”

“马丽娜和我在同一家店里做事，光做模特吃不饱饭。我觉得另外三个女生应该也是。”

“看来大家的日子都不好过啊。在哪里？”

“什么在哪里？”

“你上班的那家店呀，在哪里？”

“六本木。”

“叫什么名字？”

桃佳皱了皱眉：“你想干吗？”

“我想下次去给你捧场。”

她一脸嫌弃地摆摆手：“不用。”

“为什么？我想为你贡献一点儿业绩。你就告诉我吧！”

桃佳重重地叹了口气，把手里的筷子放在盘子上：“你要是再说这些，我就走了。”

“啊？”

“在店外，我不想聊上班的事。业绩什么的，无所谓。”

我感觉她是真的生气了，有些不知所措，赶紧低头认错：“对不起。我不问了。”

“我来这儿又不是为了拉客。”

“真的对不起。”我双手合十诚心道歉。

桃佳一脸不悦，但过了一会儿还是又拿起了筷子，调整了一下情绪，重新露出笑脸。

“我们还是聊动漫吧，我是为此而来的。”

“好，还是聊动漫吧。”

之后，我们一边吃大阪烧、喝啤酒、苏打威士忌，一边畅快地聊我俩都最爱的动漫。只要一聊到动漫，我们就有说不完的话。

“你好厉害啊。我本来觉得自己已经算是动漫达人了，但现在看来还是你更强。你怎么会知道那么多？”聊完一段话题后，我问她。

“因为我唯一的爱好就是看动漫。”

“为什么？你不出去玩吗？比如旅行什么的？”

“不去，因为没人一同去。”

“马丽娜呢？”

“我和她只是同事交情，上次联谊纯属特殊情况。我本来就不擅长和人打交道，一个人反而自在。而且我也不太喜欢外出，觉得又累又浪费钱。”

“那逛街买衣服之类的呢？”

“也不太出去。衣服和化妆品，网上买买就行了。动漫光碟也全是网购。”

“我也是从网上买的。那么休息日呢？也一直待在房间里吗？”

“嗯，会睡到中午再起床，然后一直看动漫。只有去便利店的时候才会出门。”

“男朋友呢？”这是我最关心的问题，但问的时候故意轻描淡写。

桃佳摇摇头说：“怎么可能有男朋友？哪有男人会喜欢像我这种生活方式的女孩。”

“太好了。”我故意大声说。

但她似乎充耳不闻，反过来问我：“内村先生，你为什么喜欢动漫？”

“呃——”我有些含糊其辞，因为这个问题对我来说有点儿难回答，“不知道该怎么说好。一定要说的话，算是一种排除法吧。”

“排除法？”桃佳皱起眉头。我觉得她的这种表情也好可爱。

“一开始我喜欢看电影，常看真人演的那种。但有一段时间觉得看得太痛苦，所以改看动漫了。”

“为什么会觉得痛苦？”

“不知道该怎么说才好，总之就是看着那些真人一个个出场，觉得挺没劲的。毕竟现实生活中的人脸已经让我看到腻烦的程度了。”

我本来没打算说笑，但我的这番话让桃佳听得哈哈大笑。

“原来你是看腻了真人的脸啊！这个理由是可以成立的。我也觉得和现实生活中的人相处起来太累，所以才会被动漫所吸引。”

“我们应该很合得来。”我鼓起勇气说了出来。

她也一边说“嗯”一边点头：“确实蛮合拍的，我和别人从没聊得这么开心过。”

“那我们换家店继续吧？”

对于我的提议，桃佳愉快地说“好”。

4

“太好了，你终于有女朋友了，真是可喜可贺。”黑泽一边说一边打开罐装咖啡。他身穿格子休闲衬衫，斜背着背包，是我公司的前辈。

“我们只是约会过几次而已，还算不上是女朋友……”

我们刚才走在新宿站附近的人行道上，然后在自动贩卖机上买了饮料，现在正在观望路上的行人。

“次数多少，无关紧要。问题是你们进展到哪一步了？”

“什么？”

“别装傻了。接过吻了吧？或者已经到下一步了？”

“呃，那个啊……”

“什么嘛，不会还没吧？拖拖拉拉会错失良机哦。”

“我也知道，但就是一直都没什么机会。”

“机会都是自己创造的。比如送她回家，顺便进屋之类的。”

“每次她都只让我送她到最近的车站。”

“搞什么嘛，不会是她家里有男人吧？”

“怎么可能？她应该没男朋友。”

“也许是她骗你的。”

“我觉得应该不会。”

“那就是她对你还不够信任，害怕让你送她结果变成引狼入室。”

“哎哟，我又不是那种人。”

“总之，你应该积极尝试，好好加油！”黑泽一口喝完手里的咖啡，扔掉空罐后拍拍我的肩膀说，“再见。”

目送远去的前辈背影时，我突然看到一家二手动漫光碟的广告牌，心想过会儿进去看看。

我和桃佳一周约会一次。虽说是“约会”，但每次都和之前一样，只是吃饭、喝酒、聊动漫。不过这样已经让我觉得很开心了。但问题是，我感觉我能说的话题差不多快没了。为了能有新的谈资，我必须去看之前没看过的动漫。但遗憾的是，我又没什么时间看。

之后的那次约会上，我将自己的苦衷说了出来。桃佳听后问：“你每天都要工作到很晚吗？我记得你是在广告公司做事的吧？加班多吗？”

“加班倒不用，但大部分时间得把工作带回家做。”

“哎哟，好辛苦啊。”

“已经习惯了，所以觉得还好。我想说的是，因为这个原因，我再也没可聊的动漫话题了，真的非常抱歉。”

桃佳手里拿着叉子摇摇头说：“完全没关系。”她的盘子里装着海鲜意面，今天我们选了家意大利餐厅。她说：“不用放在心上，也不是非得聊动漫。”

“是吗？那今天我们聊聊你的家人吧。”

“家人？”她眉头紧锁，似乎听到一个陌生的单词。

“你上次说老家是爱知县吧。你的父母呢？还在爱知吗？”

“嗯……”

“有兄弟姐妹吗？你给我的感觉像是有妹妹的人。”

“兄弟姐妹？……没有。”她的表情看上去有点儿低落。

“你常回老家吗？过年的时候回去吗？”

突然，桃佳怔怔地盯着我。今天她也戴着彩色隐形眼镜，蒙上茶色的眼黑部分显得特别大。

“聊这些太没劲了，换个话题行吗？”

“啊，怎么了？”

“没什么，就是想聊些更有趣的。”

我有些奇怪，她居然不太想聊家人。

“是吗……那……”我赶紧绞尽脑汁，终于想到了在视频网站上看过的好玩视频，和她聊了这个话题之后，她也说觉得有趣。我用手机播放了那段视频，我俩笑得人仰马翻。

我看着桃佳的笑脸，暂时松了口气，但同时也忍不住觉得奇怪。她一直都这样，总是不谈自己的事。每次聊到和她自己有关的事，她总会不开心。

我猜测也许她有过一段不堪回首的往事，比如她并不是在幸福的家庭长大的，所以她不愿提及她的家人。

不知道她什么时候才能对我敞开心扉。

离开餐厅后，我们又去了常去的那家居酒屋，在这里聊的也都是些不痛不痒的事。我小心翼翼地尽量避开可能会涉及她过去的话题。

我们一直聊到居酒屋关门，然后我提出：“我送你回家吧？”

桃佳摆摆手说：“没事，我坐出租车回去。”

“那一起吧。”

“不用，我们是反方向。”

“没事，就让我送吧。”

看到一辆空车，我正要伸手拦车，桃佳却抓住了我的手臂。

“别这样，真的不用。”

“为什么？”

“和你在一起的时候很开心。能一起这么尽兴聊动漫的，真的也没别人了。但这样对我来说已经足够了，不用做多余的事。”

桃佳的话就像一根粗大的钢钉狠狠地扎进我的胸口。但我没泄气，朝她走近一步：“但我觉得不够，干脆今天就说清楚吧。我喜欢你，想知道更多关于你的事，想成为你可以依靠的人。但你却一直不愿对我敞开心扉，究竟是为什么？”

桃佳难受地抿住双唇，然后抬头看着我：“那是你的错觉！”

“错觉？”

“说什么喜欢我，那只是你的错觉。你是被表面现象迷惑了。”

“我没有。”我噘起嘴。

桃佳突然笑了笑：“你只是自己还没意识到。内村先生，你把我当成动漫里的女主人公了。”

“没那回事。”

“就是这么回事。等我卸了妆，你就会如梦初醒，幻想破灭。我知道的。”

我重重地摇摇头：“我不是在做梦，所以也不会感到幻灭。”

桃佳双手叉腰，一副无可奈何的模样，叹了口气，沉默了好久，她再次看着我："好吧，那我就让你从梦里醒过来。你先转过去看那边。"

"知道了，我转过去就是了。"

我不知道桃佳打算干什么，但还是向右转了个身，背对着她。

没过多久，我听到她叫我。回头一看，桃佳站在那里，和刚才几乎没两样，只有一处发生了改变。

"怎么样？"桃佳问，"看出差别了吗？"

"……你摘掉隐形眼镜了？"

"是的。只是一个小小的改变，但感觉完全不一样了吧？我长得又平凡又土气，和动漫里的女主人公相比，根本一个天一个地。这下你该明白了吧？梦醒了吧？"

我没法动弹，也说不出话来，觉得有生以来第一次那么吃惊，确实有一种如梦初醒、回到现实的感觉。

这一次，是她朝我走近一步："怎么样？是不是觉得打击太大，幻灭到头脑不听使唤的程度了？你就说句话吧。"

我注视着桃佳的眼睛，做了个深呼吸，这才终于觉得可以动弹。我抓住她的双手。

"干吗？"她满脸诧异。

“认识你真的很幸运。你……你就是我找了好久的人!”

“我刚才不是说了嘛，是你在做梦。”她努力想要挣脱，但我就是不松手。

“我有话要问你。”我对她说。

5

弹子房前排着一条长长的队伍，队伍里的人像是彼此约好了似的，一个个眉头紧锁。因为是装修后重新开业，所有人都盼着能在某台赌博机上大赚一笔，但实际上根本没法确保自己赢大钱，所以自然高兴不起来。来这里的很多人其实都把玩赌博机当生计。

我和阿浜叔慢慢朝队伍尾端走去。阿浜叔今天也穿着旧衬衣，而我穿的是衬衣和破牛仔裤。

“小内，你找到的那个陪酒女终于被起诉了吧？真是太好了。”阿浜叔边走边说。组里叫我“小内”的，只有阿浜叔。

“是吗？我也不知道之后怎么样了。”我说话的时候有气无力，毕竟那是一段我不太愿意回忆的人生小插曲。

“我刚刚听说的。真是太好了，之前整整一个月都没找到真凶。科长不是还表扬你了嘛。”

“嗯，是表扬了。”

“怎么了嘛，一副不开心的样子。哈哈哈，你还恋恋不舍啊？不过话说回来，那对你的打击确实蛮大的，自己喜欢的女孩居然是通缉犯。这简直就是漫画情节。”

“说是漫画也太过分了吧？好歹您也说是像‘连续剧’或‘小说’情节呀。”

我们一边闲聊一边走，我和阿浜叔的视线都集中在等待弹子房开店的人群脸上。但我们并非直视，因为不能让被看的对象留意到我们的视线。

“听说那个陪酒女戴着隐形眼镜？”

“是的，而且是放大眼黑的那种款式，所以之前都没发现。”

“说明你还太嫩，我一直都强调，记住罪犯脸部照片的时候，要把这些因素都考虑进去。特别是当嫌疑人是女性的时候。”

“您说得没错，是我的道行还太浅。”我从心底里感到痛苦。

“好在最后还是找到了。她好像整了很多部位吧？”

“的确做过大范围的整形手术。除了眼睛，其他部位已经完全是另一个人的模样了。”

我看着那些排队的人，特别是看着他们的眼睛时，脑海里又浮现出那天晚上的事。那个自称桃佳的女人，当我看到她摘掉隐形眼镜的时候，那个瞬间，我觉得有一股电流从背上通过。紧接着，就在脑海里高速搜索起来，无数张人脸照片仿佛就在我眼前闪过，很快，我就锁定了其中一张，旁边还有备注——“山川美纪　二十七岁　挪用公款　爱知县冈崎警署”

我一下子说出了她的真实身份，并当场与她对质。她很吃惊，本打算要逃走。当然，我没让她逃掉。我马上联系浜田副警长，请求支援。浜田副警长就是阿浜叔。

我的真正职业是一名警察，属于警视厅搜查共助科，专门负责根据通缉犯照片进行搜寻通缉犯的工作。

具体而言，就是记住通缉犯的长相特征，然后去大街上从来往的行人中把他们找出来。乍一听，可能觉得这就像大海捞针，很多人都怀疑这怎么可能找到。然而事实上，我们抓到罪犯的概率还挺高的。警视厅内大约有十名像我这样的警察，每年大概可以抓到四十名罪犯。

我们的武器就是过人的记忆力和观察力。随身携带着自制档案，上面记录着五百人左右的通缉犯照片、特征及犯罪类型。每天的“必修课”就是像随身带着放大镜一样，将档案里的内容记进脑子里。工作结束之后，也会把档案带回家，一有空就会翻几页。记忆的重点就是眼睛，因为即使年纪大了、胖了瘦了，甚至做过整形手术，只有眼睛的间隔、大小、颜色等特征永远不会改变。

等我们将罪犯的特征全都记牢后，就会三四个人分成一组，去大街上寻找通缉犯。人流量大的车站是我们的主要工作场所。很多在地方上犯了罪的通缉犯，以为大都市里容易潜伏，所以很多人都会选择来东京。我们通常会站在车站前的街角，仿佛自身也融为一道街景，默默地等待着档案里的人脸出现。无论是炙热的酷暑还是冻到手脚发麻的冬日清晨，我们都会擦亮了眼睛坚持等待。

赛马场和弹子房也是我们重点关注的场所。在逃的罪犯想要弄钱的时候，赌博是最快的途径。偶遇柳田的那一天，其实我也在执行任务，盯着进出马券销售大楼的人们。

如果一直无所事事地站在同一个地方太长时间，恐怕会惹人怀疑。所以当天为了打掩护，我也确实买了马券。另外，同事间也会互相交谈，聊些符合当时情景的话题。在旁人听来肯定只是普通的闲聊，那天我和阿浜叔都装成买马券的常客。柳田没有起疑，说明我俩的演技都还不错。

我们会非常彻底地观察人脸。看到一张张人脸的时候，需要迅速在脑海中比对嫌疑犯的照片。这就是我们的工作，并非所有人都能胜任。所有人员都经过上级的精挑细选，还要接受特殊训练。

因为每天都在做这样的工作，所以就算是下班时间也会下意识地去比对人脸。据说阿浜叔去参加亲戚婚宴的时候，在酒店大堂里发现一个长得像通缉犯的男人，为了确认自己的判断是否正确，一路跟踪了他好久，结果证实那个人就是通缉犯。他在下班时间立了大功，却因此没能赶上婚宴。

但我没想过这种事也会发生在我的身上。

桃佳——山川美纪的脸部照片至今都深深地烙印在我的脑海里。逮捕罪犯之后，本该尽早忘记，但就是没那么容易。这也是干我们这一行的通病。

她因为挪用公款而被通缉。原本在爱知县冈崎市一家做二手车销售的小公司做事务性的工作，去年突然消失不见。公司觉得可疑，进行调查后发现她挪用了大笔公款。

逃跑后，她来到东京做了整形手术。之后去夜店应聘，做了陪酒女。据说夜店并没要求她提供身份证明。

她住的是旅馆，所以一直都不让我送她回“家”，她也因此不愿提及包括家人在内的往事。我猜连她自己都不愿意回忆那段往事吧。

我没法想象她是如何过着改变面容、隐姓埋名的生活。但我觉得那一定很寂寞。她曾说过她不擅长与人打交道，还是一个人更自在。但我觉得这应该不是实话。她只是害怕与人深交之后，有一天，过去的事情会曝光。

我的眼前似乎浮现出她在旅馆单调乏味的房间里不分昼夜地看动漫的情景。如果看真人影像的话，就会更切实地感受到从人类社会被孤立出来的自己的窘境，所以她只能看动漫。

我呆呆地想着这些事情，突然被阿浜叔戳了一下肚子。他戳我的手里还拿着手机。

“黑泽来电话，说在附近一个小旅馆里找到一个人，让我们也过去。”

“好的。”

一旦发现可疑人物，首先需要几个人共同予以确认，这是干我们这一行的规矩。确认无误后，其中一人会上前搭讪通缉犯，同时由其他几名警察一起将其围住。这是为了防止罪犯进行抵抗或逃走。我们长得都不太像警察，所以很多罪犯一开始都不相信我们。曾经还有人以为我们是电视台整蛊节目《吓你一跳》的工作人员。

罪犯被警车带走后，我们会若无其事地离开现场。谁都不会记住我们，更不会记住我们长什么样。这是干我们这一行铁一般的法则。

当我们经过弹子店前，看到画着动漫美少女战士的广告牌时，我心想，如果黑泽找到的人就是通缉犯，今晚应该举杯庆祝，看看好久没看的动漫。

山川美纪对我说了很多谎话，但我也骗了她，不过，说喜欢动漫是真的。看真人影像觉得太痛苦，所以改看动漫，这也是真话。

希望有人能明白，毕竟我每天必须一直盯着多到数不清的人脸，所以，从工作中脱身的时候，真的很想被那些动漫里美少女非现实的双眸好好治愈一下。

出租宝贝

第十年的情人节

1

肤白如雪。

爱丽的指尖刚碰到她的脸颊就不由得大叫一声:“哇！好像棉花糖一样！这真的是人工皮肤?”

“这是我们公司的最新技术。我敢断言，其他公司的产品肯定达不到这种水准。”一名男性负责人自豪地说这番话的时候，鼻孔都撑大了。

爱丽再一次朝盒子里看了一眼。盒子里躺着的产品名叫“人工智能宝贝 700-1F”，又叫机器婴儿，正身穿白色衣服闭着眼。

“现在是什么状态?”阿昭问负责人，“她现在闭着眼，算是已经启动了吗?”

“当然。”负责人点点头，从怀里掏出一根细长的丝带，将其靠近机器婴儿的鼻子时，丝带微微飘动了一下，证明婴儿正在呼吸。

“她在睡觉吗？怎么才能让她醒来？”

“和真的婴儿一样，发出响声或是用力摇晃，都会让她醒来。但如果所受刺激过大，她会哭哦。”

“明白了。可以抱她吗？”

“当然。她现在是您的宝贝了。”

“对哦。”爱丽双手伸向小小的机器人的腋下，将其抱起，“哟，蛮重的嘛。”

“此款重量为八千五百克，设定为婴儿十个月大时的体重。这个数值是根据客户遗传因子信息计算所得。”负责人一边看着移动终端一边说明。

“嘿，小家伙，请多关照。”爱丽说完，机器婴儿微微睁开眼，露出可爱的笑脸。

爱丽原本还在犯愁今年夏天的长假要怎么过。她已经厌烦了去海外旅行；和老家的父母用视频聊了聊，也算“见”过面了，没必要特地再回老家；而那些所谓休闲娱乐场所里全都是人潮涌动，爱丽觉得去哪里都只会疲惫而归。

她问朋友怎么过长假，大多都回答说：“趁这个机会去体验一下平时不会做的事。”有人挑战学外语，有人开始尝试新的运动。爱丽觉得这些都不错，但就是想不出自己该干什么。爱丽一直好奇心很强，总是想到做什么就立刻付诸行动。但这一次，她想不出还有什么是她没做过的。

就在这时，她偶然看到了体验模拟育儿的广告。广告里说，用户可以使用机器人体验养育婴儿的过程，亲身感受育儿生活的酸甜苦辣。

看到这则广告的时候，爱丽很佩服想出这种有趣点子的人。以前曾经提倡“晚婚”，而现在更多的是“非婚”，越来越多的人选择一辈子都不结婚。爱丽就是如此。虽然也会和异性交往，但从没想过要结婚，因为她完全想不出来结婚有什么好处。与她交往过的男方似乎也都有同感，所以迄今为止，从来没人对爱丽说过“我们结婚吧”之类的话。

比如现在身边的这个阿昭，长得帅气，工作热心，为人绅士，能言善道。作为恋人，可谓无可厚非。但就算是这样的男人，爱丽也从没想过要和他一起生活。

如果一定要给结婚找个理由，那就是孩子了。对于来到这个世界上的孩子而言，肯定还是双亲都在比较好。

然而，爱丽自己也没想好到底要不要生孩子。虽然觉得生为女人，一辈子至少应该生养一个孩子，但看看那些有孩子的朋友，又觉得她们一个个都活得很辛苦。一旦孩子生出来，即使后悔“要是没生就好了”也为时已晚。

估计这个世界上有很多人和爱丽一样正在苦恼到底要不要生孩子。爱丽真心佩服想到这个商机的商家。

看到广告后，爱丽立刻提交申请，今天是正式来和机器婴儿见面。

回到家，爱丽先给孩子取了个名字。机器人的性别设定为女。爱丽想了一分钟，说：“就叫‘珍珠’吧。”因为小宝贝圆圆白白的，就像珍珠一样。

“好啊，就叫‘珍珠’吧。”阿昭点点头，表示同意。

这时，珍珠突然哭了起来。

“呀，怎么回事？是该换纸尿布了吗？”爱丽抬起婴儿的下半身，检查了一下纸尿布，发现好像湿了。

为了今天这一天，爱丽之前已经买好纸尿布，参加过育儿模拟训练，早早地租来婴儿床和婴儿车，她自认为已经做好了充分的准备。

但实际操作时，却发现光是换纸尿布就已经非常难，因为小宝贝不可能四肢完全不动，乖乖配合。

“你快别让她的双腿乱踢呀。阿昭，发什么呆，快帮我把她的脚抓住。”

阿昭来到身边，用双手抓住珍珠的双脚："是这样吗？"

"对。"

爱丽刚把干净的纸尿布垫在珍珠的屁股下。突然，小宝贝的屁股喷出一股流质，正面击中爱丽的面部，还差点儿射进她的眼睛。

"哎哟！"爱丽用手背擦了擦，立刻明白了附着在脸上的究竟是什么，"什么嘛，这是大便啊！"

"是啊。"阿昭冷冷地说。

"好臭！怎么会喷出这种东西？"

"因为她是婴儿，小宝宝总是这样想拉就拉的。"

"可这是机器人呀，可以不用让她拉出真的便便嘛。"

"那可不行。为了让你知道育儿的辛苦，必须全套都得做得逼真才行。其实这也不是真的大便，只是颜色和味道比较像而已。"

"但……"

这时珍珠又哭了。

"好烦啊！等一下！"爱丽朝洗手间走去。

2

爱丽听到卧室里传来哭声，珍珠似乎已经醒来。但爱丽这会儿正在忙着做晚饭。阿昭马上就要下班回来。"借"来珍珠的同时，她与阿昭也开始了同居生活——因为是刚生了孩子的设定，所以必须“结婚”。

爱丽一边切菜一边喃喃地说：“拜托，再等等。”但哭声非但没有停止，反而渐渐变得越来越响。没过一会儿，哭声已经变成喊声。

爱丽摇摇头，关掉料理机的开关。虽然这样做出的炖菜不太好吃，但也没办法。爱丽从杀菌保温器里拿出装着奶的奶瓶，朝卧室走去。

珍珠还在哭，而且一看到爱丽的脸，马上哭得更响，似乎有苦要诉。

“好啦好啦，喝奶吧。”爱丽抱起珍珠，把奶嘴凑近她的小嘴。但珍珠并没有去吸奶嘴，而是涨红了脸，继续大哭。

爱丽皱起眉头：“怎么回事？难道是要换纸尿布？”

爱丽放下奶瓶，鼻子凑近珍珠的下半身闻了闻，一股大便的臭味扑鼻而来，果然又拉了。

爱丽把珍珠放在换尿布台上准备给她换纸尿布。她打开珍珠身上的纸尿布，发现上面就像被人倒满了“咖喱”，而且珍珠的屁股和腿上也全都沾满了“大便”。

“哎哟，饶了我吧。”爱丽有些犹豫，不知道该怎么处理这块全是“大便”的纸尿布，突然，珍珠剧烈地舞动手脚，把“大便”甩得到处都是，爱丽的衣服和地毯也全都“中招”。爱丽见状，觉得快要绝望。

过了一会儿，阿昭回到家。爱丽一边继续做饭一边讲述刚才发生的事。

“难怪一进屋就觉得臭臭的。”阿昭嗅了嗅说。

“我已经很卖力地打扫过了。”

“辛苦你了。”

爱丽重重地叹了口气，朝机器婴儿瞥了一眼。

“睡着的时候还是很可爱的。”

“你是不是已经觉得她就是自己生的小孩了？”

“这个嘛……应该还没有。如果是自己生的，不管她是哭还是拉大便，都会觉得她可爱。但毕竟她只是一台机器，还是没办法有真切的感受。”正当爱丽颇有感慨的时候 ，只见珍珠的脸变得通红，一边睡着，一边呜咽，紧接着下一个瞬间，马上就“华丽”地发出“噗噜噗噜”的排泄声。

爱丽双手抱头：“怎么回事？怎么总是在大便？这台机器的设定是不是有问题啊？”

“应该不会吧。婴儿的体质特征是根据遗传因子信息进行编程设定的。‘多便’应该也属于她的体质特征之一吧。”阿昭淡定地予以说明。因为阿昭说得颇有道理，爱丽没法反驳，但这让爱丽更加烦躁了。

“再这样下去，我自己都快便秘了。”爱丽一边无奈地垂下肩膀，一边开始给珍珠换纸尿布。

就婴儿的体质而言，“多便”其实算是好事。换纸尿布虽然很麻烦，但习惯了之后也就不是什么事了。最让爱丽苦恼的其实是婴儿的夜间啼哭。

每天一过半夜两点，珍珠必定准时“开”哭。无论是喂奶还是换纸尿布都没用，她只是一个劲儿地哭。这种时候，爱丽只能站着抱起她，像摇篮一样轻摇她才行。如果不这样，根本不知道珍珠到底会哭到什么时候才会停，才能睡着。

“夜里哭闹也是编程的设定？”爱丽一边轻摇珍珠一边问。

“也许吧。”躺在床上的阿昭背对着爱丽回答。

过了几天，珍珠的任性“变本加厉”。

“好不容易抱着哄她睡着了，刚放到婴儿床上又马上醒来继续大声哭；想让她躺在婴儿车里，推出去买点儿东西，还没走出十米，哭声就响起，结果只能一直抱着她。真不知道她到底哪里不满意。我究竟该怎么做才好？”

与爱丽隔着餐桌面对面而坐、正在吃早饭的阿昭两手一摊，表示他也没招。

“今晚我晚点儿回来，估计十点以后到家。”

“你怎能这样！我告诉过你今天我已经预约了要去美容院吧？你答应过我七点前一定会到家的。”

“可是突然有工作任务呀。我也对你说过最近接了个大项目吧？总不可能一个团队里只有我一个人早走。”

“我好不容才找到晚上营业的美容院。”爱丽噘起嘴。

阿昭手里拿着刀叉，身体稍稍前倾，靠向爱丽说：“比起家庭，我要优先考虑工作，这可是决定养珍珠时你提出来的家庭方针哦。”

事实确实如此，于是爱丽无言以对，只能沉默不语。

这时，隔壁房间传出哭声。

“她在叫你哦。”

“知道了！”爱丽没好气地说着，从椅子上站起身来。

3

刚刚养了珍珠一周，爱丽已经觉得自己开始神经衰弱了。她必须频繁地给珍珠换纸尿布、喂奶。不仅如此，现在珍珠已经会爬了，稍不注意，她就会拿起拖鞋往嘴里塞，或是拿电线玩。总之，一刻都不能松懈，必须时刻看着她。

夜里啼哭的次数稍微少了些，但依旧是一旦哭起来就完全停不下来。为了不给周围人添麻烦，爱丽尽量不带珍珠外出。只在买东西的时候才会出去一小会儿，但每次也都是全程提心吊胆，因为不知什么时候珍珠又会突然大哭起来。

虽然爱丽也想过不如提前把珍珠还回去，但那样就得支付违约金。据说商家制定这条规定，是为了防止客户以为养孩子可以很随便。而且据说如果“偷偷地”中途放弃，不予养育，机器人体内便会留下“痕迹”，公司会依此收取罚金。

爱丽一边洗着珍珠的贴身衣物，一边心想：体验育儿真是个失败的决定，早知如此，当初就不该做此选择。这时，她突然意识到今天的珍珠几乎没怎么哭，早上换纸尿布的时候也一直睡着，也没吵着要喝奶。

她朝珍珠看了一眼，不由得吓了一大跳。珍珠的小脸比平时更红。爱丽疑惑地伸手摸了一下珍珠的脸颊，烫得惊人。她赶紧用专用的体温计给珍珠量了一下，这才发现已经高烧接近四十度。

爱丽赶紧打电话给阿昭。平时手机画面上会出现阿昭的脸，但这次却出现“会议中”这几个冷冰冰的大字。

爱丽抱起珍珠，却不知道该怎么办。照理说，这时候应该带孩子去医院，但珍珠是机器人。

爱丽对着电话叫了声“租赁宝贝新东京店”。

没过多久，电话屏幕上出现当时办理租借手续的负责人的脸，他客气地低头致意："请问有什么可以帮您吗？"

爱丽向其说明情况。

"原来如此。是发烧了吧？您能否带她来店里？我们有专门的医生为她进行治疗。"负责人的语气非常沉着，言下之意似乎在说：这事儿常发生，不用太着急。

爱丽一时半会儿没搞懂什么叫"专门的医生"，但还是抱着珍珠去了店里。进店后，工作人员将她和珍珠带去一间名叫"医疗中心"的房间。这里和普通的医院一样有护士台，其他好几名女性正在等待叫号，这些人也都带着小孩。

"她们只是一种'摆设'，为了营造出一种逼真的医院气氛。"负责人在爱丽耳边说，"孩子发烧时，做家长的肯定希望医生尽快看诊，但事实上，到了医院之后必须排队等号。我们希望客户能够切身感受并习惯这种焦躁与不安。"

原来如此。爱丽觉得很有道理，佩服店家考虑得很周全。

等了三十分钟左右，爱丽终于被叫进一间名为"诊疗室"的房间。等在里面的是一名穿着白大褂、医生模样的男性和一名护士模样的女性。

"因为高烧导致轻度脱水，不用太担心。我给她开一些治疗用的药液，让她喝下就可以。"这名医生模样的男性煞有介事地给珍珠看完诊，声音有些嘶哑地说。

回到家后，爱丽按“医嘱”给珍珠喂了药。因为珍珠不肯喝，爱丽费了好大的劲儿才让她喝下规定的量。

之后，珍珠很快就睡着了。脸色也渐渐恢复正常。爱丽这才放下心来。她自己都有些吃惊，现在已经完全不去想罚金之类的事了，而是从内心萌发出一种使命感，希望好好地养育珍珠，令其健康成长。

阿昭半夜才回到家。他一边脱衣服，一边听爱丽讲述今天的事。

“居然还有这种事？今天够呛吧？”

“当时都联系不上你，真的很着急。”

“抱歉抱歉，但我真的工作很忙。”

“可不是嘛，你一直都很辛苦。”

“虽然辛苦，也得拼啊。毕竟我要养老婆和孩子。”阿昭说着倒在床上，没过多久就响起鼾声。爱丽看着阿昭的脸，心想：“难道这就是所谓的婚后生活？”

第二天，阿昭又很早就出了门。爱丽给珍珠喝完药，又换了几次纸尿布。不可思议的是，现在的爱丽已经完全不在乎“大便”臭不臭了。

傍晚时分，爱丽正打算给珍珠喂药，躺在婴儿床里的珍珠突然笑了起来，然后用可爱的娃娃音叫了声：“妈妈。”

4

阿昭好不容易有了假期，两人决定一起带珍珠外出购物，爱丽有生以来第一次两个人一起推着婴儿车在大型的购物中心里并肩而行。

平时只会叫累的阿昭，今天也特别有精神，不停地说笑话逗爱丽开心，还在珍珠面前做鬼脸。

来到婴儿服装卖场，两人一下子来了劲儿，不仅给珍珠试穿各种衣服，看到大一些的尺码时，还会聊起珍珠的未来——虽然珍珠的设定是不会长大。

爱丽开始觉得，或许结婚也不错。结婚、生子，平凡地度过每一天——以前的自己从没想过这也是一种快乐。通过这次的模拟体验，她觉得自己开始找到"感觉"了。

正准备进玩具卖场时，阿昭的手机响了。爱丽看到阿昭一边听电话一边变得脸色凝重起来。

"惨了！"挂断电话后，阿昭说，"出事了，我得马上赶回公司。"

"啊？我还以为今天可以一起在外面吃饭。"

阿昭双手合十："抱歉！下次一定好好补偿你。"

"没办法。毕竟到刚才为止，你的'表现'都不错，今天我高兴，就原谅你了。”

“谢谢啦。珍珠就辛苦你了。珍珠，要乖乖的哦。不要给妈妈添乱哦。”阿昭对着婴儿车里的珍珠“交代”完之后，快步离开。

爱丽无奈地独自推着婴儿车进入玩具卖场，看着琳琅满目的商品，心想：该给珍珠买什么玩具呢？毕竟她还那么小，肯定不能玩游戏机之类的。

看到边上有个女店员，爱丽决定上前咨询。

“很多家里有这么大小孩的顾客都会选择全息黏土。”年轻的店员回答说。

“全息黏土？”

“请看这里。”

店员给爱丽看的是一块可以做出立体影像的小平板，用手去碰悬浮在空中的黏土影像，就可以令其自由变形。

“这款黏土产品可以结合您孩子的成长，改变不同的硬度。”

“好有趣。”

可是一听价钱，爱丽就惊得瞪大了眼。且不说该不该花那么多钱给婴儿买这种玩具，爱丽觉得至少没必要给租来的机器婴儿买。但她又转念一想：如果是自己的亲生小孩，自己会怎么做？也许真的会买。

爱丽向店员道了谢，把全息黏土还给她。转头一看，吓得差点岔了气——婴儿车不见了！爱丽看了看四周，哪儿都看不见珍珠的那辆婴儿车。

“珍珠！”爱丽喊着珍珠的名字冲出卖场。看到不远处有辆婴儿车和珍珠的那辆很像，于是赶紧跑了过去，却发现旁边有个女性应该就是孩子妈妈，而且婴儿车里的也不是珍珠。

爱丽心想：婴儿车到底去哪儿了？婴儿车是电动的，不会自己乱跑，所以一定是被人推走的。

她赶紧给阿昭打电话，但手机屏幕上又显示出“会议中”的字样。爱丽不满地咂舌，挂断电话。

爱丽也考虑过打电话报警，但她突然想起办理租借手续时负责人说过的一番话：

“如果租赁宝贝遭窃或被人损坏，请第一时间与本公司联系，由我们将以物品失窃或器物损坏为由报警。”

没错。这不算拐卖小孩，因为不是孩子被偷了，而是机器被盗了，而且现在还不能确定是不是被偷了。这样的话，报警时也只能说自己丢了东西。

爱丽决定先不打电话。打不打电话都无所谓，当务之急是找到珍珠。无论是遭窃还是丢失，毕竟无关人命，警察肯定不会迅速出动。

爱丽四处寻找，见人就问有没有看到一辆婴儿车。大多数人都很友善，为她努力回忆之前有没有看到过。虽说是少子化的时代，但婴儿车毕竟还是随处可见，所以很少有人回答说没见过。根据路人给出的信息，爱丽在购物中心里来回找了好几遍，却依然没找到珍珠坐的那辆婴儿车。

有位女士给出了宝贵的建议——去找商场广播。爱丽一听，简直想敲自己的脑袋，怎么没想到这一招？她向女士道了谢，又大步跑了起来。

她跑到商场广播室，说明情况后，商场内立刻播出了寻“车”广播，希望知道线索的顾客能向就近的店员提供消息。

爱丽觉得，珍珠长得就和真的婴儿一模一样，所以坏人将其误认为真的小孩、企图拐卖也不足为奇。抢走小孩后，坏人会怎么做？当然是立刻离开犯罪现场。

她马上想到坏人可能会开车逃走，于是立刻跑到停车场。因为是大型购物中心，所以停车场非常大。里面停满了大大小小的车辆。爱丽朝四周注视、观察，一会儿来到通道处，一会儿又在车与车之间徘徊。绕来绕去却发现眼前的景象都似曾相识，自己已经不知道身在何处，好几次都绕回到同一个地方。爱丽从未想过自己居然会在停车场里迷路。

爱丽有一种直觉，坚信珍珠被带来了这里。如果一直留在商场里，肯定会被人目击。所以她相信坏人拐走珍珠后，一定是来了这里。珍珠一定就在这里。

但如果犯人已经逃走了呢？也许婴儿车早已被坏人塞进汽车，这会儿已经开到公路上了？

爱丽不知该怎么办才好，又给阿昭打了个电话。这一次，屏幕上出现了阿昭的脸："怎么了？购物愉快吗？"

看到阿昭一副没事儿人似的脸，爱丽就觉得气不打一处来："还购什么物啊？珍珠被人拐跑了！"

"啊？"阿昭满脸错愕。

爱丽简单地说完事情的经过后又说："所以我正在犯愁，不知道该怎么办才好。"

"给租赁宝贝店打电话吧，失窃或丢失的话应该……"

"你在说什么！这是绑架！珍珠要是有个三长两短的话，我该怎么办才好啊？"爱丽的语速越来越快。

"但……"

"总之你现在赶紧过来一起帮忙找珍珠！"

"不行啊。我这里的问题还没解决，今天一整天都出不了公司。我要是现在走了，会给很多同事添很多麻烦的。抱歉，你一个人想办法吧。实在不行，就向那家租赁店提出解约申请——"

"够了！早就知道找你也没用。"爱丽挂断电话，觉得打这通电话只是浪费时间。

就在这时，不知从哪里传来了婴儿的哭声。爱丽凝神倾听，没错！就是珍珠，是珍珠在哭。

她拼命找寻声音的源头。因为停车场里有回声，所以很难确定准确的位置。爱丽集中精神，穿梭于一辆又一辆车子之间。因为很多都是大型车，所以视线受到不少阻碍。

珍珠，你究竟在哪里？爱丽在心头呼唤。

突然，她觉得好像看到有什么东西在动，于是赶紧朝那个方向看去，终于发现了那辆熟悉的、小小的茶褐色婴儿车正在车辆间隙横穿而过。

“珍珠！”爱丽立刻跑了过去。但当她赶到时，婴儿车却又不见了。

爱丽急得朝四处看。

这时，爱丽又一次在较远处看到婴儿车在车辆间横穿而过。爱丽赶紧又跑了过去，她感觉婴儿车就像是在和自己玩捉迷藏一样，但距离确实在一点点接近。她不清楚坏人是什么样的人，如果追得太近，自己也可能遇到危险。但她还是下定决心绝不退缩，为了夺回珍珠，她觉得自己无所畏惧。

终于，搜索的范围越来越小，爱丽觉得坏人和珍珠应该就躲在眼前的几辆车之间。她已经听到从近处传来的哭声。

“躲、躲起来也没用!”爱丽对着看不见人影的坏人大喊，“喂！嘿！别躲了！快出来！把孩子还给我!”说这话的时候，爱丽其实双腿发抖。

很快，婴儿车出现在距离爱丽几米远的车辆间隙间。爱丽以为坏人也会出现，于是摆出“作战”的架势。

然而——

并没有坏人出现，只有婴儿车自己在动。

爱丽一时间呆呆地不知所措，但紧接着的一瞬间，婴儿车突然转向，高速行驶起来。

“啊？等等!”爱丽全力追赶。

婴儿车在停车场的过道里一路高速直行，丝毫没有减速的势头，而如果继续前进就会撞上墙壁。爱丽的脑海中瞬间浮现出婴儿车撞墙后的惨烈情景。

就在婴儿车眼看着就要撞上墙的危急时刻，爱丽一把抓住婴儿车的把手，关掉电动马达的开关，用自己的脚为婴儿车刹车！她觉得自己的鞋底好像在地上滑行。

回过神来的时候，婴儿车已经停下。距离墙壁只有两米远。爱丽慢慢地探身朝婴儿车里看去。

此时的珍珠已经不再哭闹，一看到爱丽的脸，就笑着叫：“妈妈!”

爱丽抱紧珍珠，号啕大哭起来。

“真的非常对不起。”租赁宝贝店负责人朝爱丽深度鞠躬，表示歉意。

“到底怎么回事?”爱丽生气地吼道。

“是婴儿车的系统问题。其自带的自动操作系统似乎发生了误操作。这种情况还是第一次发生，所以我们也很吃惊。”

“什么意思？就这么算了？要是我的孩子有个闪失，你们打算怎么办?”

“那肯定是我们的全责。如果真是那样，我们肯定会免费为您更换租赁宝贝，不会给您增添负担。”

“那是两码事！我想说的是：既然是模拟育儿体验，就该把安全管理做到位!”

“您说的是。我们立刻为您更换新的婴儿车。”

“不要你们的什么车了！我自己抱着走！”恨恨地撂下这句话后，爱丽抱起珍珠离开了店铺。

5

终于到了要和珍珠分别的日子。今天是租赁期的最后一天。

爱丽最后一次照顾珍珠——喂奶、换纸尿布、剪指甲，还给她洗了个澡，换上漂亮的洋装。

爱丽觉得过去的这段日子里发生了很多事，但每天都很充实。在这个长假里，她已经完全习惯了育儿生活。现在的爱丽每天都觉得珍珠可爱得不得了。她甚至觉得如果可以不还回去就好了，但她也很清楚必须还。

“结束了，才感觉时间过得好快啊。”阿昭说。今天他与爱丽同行。

出家门前，爱丽紧紧地抱住珍珠，忍不住流下了眼泪。

“您觉得怎么样？”来到租赁宝贝店，负责人笑嘻嘻地问道。

“真的是一段非常宝贵的经验，让我觉得育儿这事儿实在太棒了。”爱丽说出自己真实的感受。

“我们刚才确认过机器人，数据显示她得到了您的精心呵护。您现在就可以胜任母亲的角色，而且我们相信您一定会成为一名优秀的母亲。”

“是吗？”爱丽不由得满脸笑意。虽然她觉得负责人的话一半是出于恭维，但还是感觉美滋滋的。

“事实上——”负责人的表情有些严肃，继续说道，“在开始使用之前我们并没有向您明说，租赁宝贝的系统里其实设置了各种机关，用户必须经历几番试炼。”

“试炼？”

“比如说系统会安排婴儿突然发高热、受伤、夜间哭闹等，或是突然不知去向。”

“啊！”爱丽吃惊地张大了嘴，“这么说来，上次婴儿车的失踪事件……”

“正是如此。”负责人低下头说，“真正的育儿不是过家家，不可儿戏。拥有一个孩子意味着什么？需要何种程度的危机管理？我们希望租赁宝贝的用户能明白这些，所以才会设计用户体验突发事件。上次让您受惊了吧？希望您能理解我们的良苦用心，多多包涵。”

“原来是这样。我之前就觉得有点儿奇怪呢。”

“但是您始终非常冷静，充满勇气。刚才之所以说您一定会成为一名优秀的母亲，就是出于这个原因。”

“我那时候一心只想着找回珍珠，别的什么都顾不上了……”

“这就是人们常说的‘为母则强’。怎么样？经过这次体验，您有没有开始想真的生个孩子？”负责人问。

“这个啊。”爱丽歪了歪脑袋，“还是下不了决心。”

“是对育儿没有信心吗？我觉得您完全没问题。”

“这次体验让我明白了育儿是一件很美妙的事情。但在此之前，还有一个‘要不要结婚’的问题。”

“原来如此。”负责人看了一眼爱丽旁边，“所以说——是这位不行吗？”

坐在一旁的阿昭表情有些尴尬。“非常对不起，没能让您满意。”阿昭低下头说。

“没必要道歉。你完全按照我最初的希望扮演了丈夫的角色——能言善道，奉行合理主义，对工作充满热情，不会为了家事放下工作。这些全都是我一开始所提出的要求。事实上，按照珍珠出生前的‘恋人’设定，和你相处真的非常愉快。”

“谢谢您。”阿昭微笑着说。

他是与租赁宝贝店签约的、专业的“假想老爸”。这是店方专门为那些想要体验模拟育儿却没有交往对象的女性客户所准备的男性。这家店铺有二十个“假想老爸”登记在案，可供选择。据说这些男人都有特殊的才能，可以详细地分析女性的喜好，并依此扮演成女性用户的理想丈夫。事实上，阿昭作为恋人，确实是爱丽的理想型。

阿昭去公司上班，接手挑战大项目，等等，都不过是一种设定。当然，虽然两人同床共枕，却没有发生性关系。

“我还是希望育儿的时候能有丈夫的协助。对我来说，那个男人得愿意偶尔牺牲工作，照顾孩子。如果找不到这种男人，就没法考虑生孩子的事。”

负责人听完爱丽的话，点点头。一旁的阿昭也点头。当然，阿昭这个名字用到今天就结束了。

就这样，爱丽结束了这个夏天的育儿体验。明天开始又要工作了。回到家，闺蜜打来电话，说自己这个假期乘上飞船，经历了一次三十分钟的宇宙旅行。

“无重力体验？我前年就做过了，没太大意思，景色也很单调。”

“那你今年做了什么？”

“嘿嘿，我今年做的啊，很有趣哦。”

爱丽说完这个假期的经历，闺蜜在电话屏幕上惊讶地露出夸张的表情：“喂！你怎么还在说这种话啊？”

“怎么了嘛。”

“爱丽！你以为你今年几岁啦？你和我一样！今年已经六十岁了——”

“闭嘴！”

“闭什么嘴？差不多该下结论了吧？或者说该放弃了吧？”

“干吗？我早就冷冻了卵子，只要找到好男人，随时都可以受精。而且现在人工子宫的技术也很成熟，完全没问题。”

“我觉得你的问题不在于此。你之前兜兜转转，迷茫了那么久，结果还是没结婚，不是吗？你该认命了。”

“不啊！只要还有可能，我就会继续迷茫下去。因为我才六十岁，人类平均寿命的一半都还没活到呢！”

摔坏的手表

第十年的情人节

1

手机上显示的来电号码是一个陌生号码。我心想，如果是诈骗电话，就马上挂断。接通后却听到一个熟悉的男人声音：“啊，太好了，还好你没换号。”

是A。上次见他还是两年前。

“你好吗？”A问。

“还行吧。”我回答。

“工作怎么样？”

“……就那样吧。”

听我回复得有些迟疑，A似乎察觉到了什么，低声笑了笑说：“看来你还是老样子。人嘛，本性难移。怎么样？我这儿有份兼职，想不想试试？和上次一样，稍微有点儿危险，但我猜，一听报酬你肯定会答应的。”

“要我做什么？”我问。

“其实不难。就是在指定的日期、指定的时间去指定的房间拿样东西。仅此而已。房间的钥匙在我这里。”

A 说得很轻巧。但往昔的“惨痛”经历告诉我，不能把他的话当真。

A 是地下中介。他曾告诉过我他的名字，但我估计那不是他的真名。十年前，我和他通过地下网站而认识。我在一个名为“介绍或从事人所不欲之事”的网站上发过几次帖之后，A 主动联系了我。A 似乎很擅长通过网上的发帖找到能胜任他们“工作”的人。

一开始确实都是比较简单的工作。比如去老人家里以虚假的身份和名字领取小包裹。他们没告诉我包裹里装着什么，但我估计是现金，而且也隐隐觉得我做的是诈骗犯帮凶的勾当。但还是假装不知道，继续为他们干活。

没过多久，A 就介绍我做更“复杂”的工作。也许因为他确信了我是那种为了钱什么都肯做的人。之后，警方发现了地下网站的存在，并密切监视。所以对 A 来说，与其启用来路不明的“新人”，不如把活儿交给我这种已经做出过一番“业绩”的老手更稳妥。

那段时间，他让我做的是大型行李的运送工作。比如让我深夜去高速公路的休息区从一个陌生男人手里接过一个冰箱大小的纸箱，然后交给在数百公里远的交通枢纽处待命的另一个男人。其实我并非不擅长开车，但因为纸箱里散发出强烈的恶臭，大冬天也只能一路开着车窗行驶，这让我挺受罪的。当然，我也猜到发出恶臭的到底是什么“东西”，但就是故意不去想。那时候A也是轻描淡写地说：“只是送个箱子。”

有时候他还会让我去“打扫房间”，要求我在十二个小时之内把房间打扫干净，处理掉所有垃圾。还要我保证，对我在房间里看到的一切，必须守口如瓶。

当我来到他指定的房间后，不由得吓了一大跳。房间里全都是血，家具被砸坏，窗帘也被扯烂，电灯什么的也全都碎了。很容易想象这个房间里曾发生过什么。但我还是什么都不去想，只是默默地进行清扫作业。结果，足足用了十多个小时才终于打扫完毕。而事先，A对我说的也是“只是简单的房间打扫工作”。

“怎么样，做不做啊？”A向我确认。

“让我从房间里拿的是什么东西？”我问道，“不会又是什么大纸箱吧？”我其实本来想说的是“散发着恶臭的大纸箱”。

“不用担心。没那么大，据说只是个红酒瓶大小的东西，装在一个细长的盒子里。到手后，连盒子一起交给我就行，当场给你报酬。”

A说了金额。那数目对于失业中的我来说简直是救命钱。

“你说的房间在哪里？”

“我也不清楚。你要是愿意做的话，我就告诉上家你的联系方式，他会直接给你下达指令。怎么样？做不做？”

“做！”我握着手机说。心里稍微安坦了些，因为有了这笔钱就不用被赶出公寓了。实际上，我已经欠了房东三个月的房租。

上个月，店长发现我盗用店里的钱，所以把我开除了。虽然我也想快点儿找份新工作，但每天就是提不起劲儿，浑浑噩噩地过日子。现在如果去找乡下的父母，他们只会说：“想要钱花，就给我快点儿滚回来！”

接到A电话的第二天，我在公寓附近的公园里和A见了面。瘦弱的A穿着一套看上去像是高级货的西装，和两年前一样，浑身依旧散发出一种危险的气息。他交给我一把崭新的钥匙。

“具体细节会用邮件联系，你照指令行事就行。拜托了。”A说完就匆匆离去。他留给我一个背影，似乎在说“我不过是个中间人”。

和A分开后过了一个小时，我收到一封邮件，名为“来自客户”。

邮件通知我在两天后的下午五点到七点间行动。我估计这段时间正好屋里没人。场所是东京市内某高层公寓里的一户，要我带走的是一尊白色的雕像，和A之前说的那样，说是放在一个细长的盒子里。邮件里还附带一张雕像和盒子的照片，还有指示公寓所在位置的地图。雕像是穿着南美民族服装的女人模样。

邮件的最后写道——就算留下翻箱倒柜的痕迹也没关系。要是看到其他值钱的东西，想拿就拿，最好让人以为只是单纯的偷盗案。还希望我能留下明显的线索，让人一下子就能确定具体的作案时间。

2

我在“客户”指定的五点准时开始行动，用A给我的钥匙打开公寓门口的门禁后，故意低着头进入公寓大门。为了不被监控摄像头拍到面部，我还特地戴了一顶帽檐很大的帽子。但似乎没有太大必要，毕竟是超大型的高层公寓，每天有数百人进进出出，就算被监控拍到脸应该也没太大问题。需要注意的是电梯里的摄像头，因为可以通过出电梯的楼层数找到特定的人物。因此，虽然我的目的地是三十三楼，但我故意在三十楼就出了电梯，然后走楼梯上去。

我明白这次工作的真正意义。虽然表面的指令是让我去一个房间拿一件雕像，但其实就是让我去偷东西。估计他们事先弄到钥匙，然后做了把备用的，但这肯定没经过户主的同意。

客户提出两个希望。其一，当然就是拿走那尊雕像；其二，就是不在场证明。邮件里说让我留下明显的、可以确定作案时间的证据。当警方事后按偷盗案件进行调查的时候，我所留下的线索应该可以成为那个客户的不在场证明。

我一边在走廊里走，一边从运动服口袋里拿出准备好的手套，双手都戴好。绝不能留下指纹。我因为违反交通法规，被采过好几次指纹，在警局都有记录。

我在房间门口停下脚步，看了一眼周围，确认没有别人后，用A给的钥匙插进钥匙孔。轻轻一转，听到清脆的“咔嚓”金属声。

刚打开门，玄关处一下子亮了起来，我稍稍有些被吓到。估计是自动感应的照明系统。虽然最近的新公寓很多都自带这种系统，但对我这种住惯了廉价公寓的人来说，这玩意儿对心脏可不太好。

我想着反正要做成入室盗窃的模样，干脆不脱鞋直接走了进去，打开正对我的房门，用戴着手套的手按下照明开关，房间里顿时亮堂起来。

客厅有十张榻榻米那么大。沙发和餐桌并排，还有一台电视机。餐桌是大理石材质，户主应该就是在这张桌上用餐的吧？桌上放着一个四方形的空塑料盒，看着像是从便利店买来的盒饭。

移门半开，可以看到隔壁的房间，看上去应该是卧室。

我站在客厅中央，朝四周打量。房间里没有任何装饰品，放眼望去，只有单调的画面，而且似乎很久没有打扫了，地上的墙角已经积灰，是典型的单身男人的房间。

我扫了一眼，并没有看到雕像或细长的盒子。我翻了翻箱包和收纳盒，也没有找到。

房间里还有几个小橱柜，我一个个打开柜门，发现里面塞满了东西。虽说为了伪装成入室盗窃必须找一些值钱的东西带走，但在那之前，我得先找到客户要的东西。

橱柜全都找过，还是没发现雕像。于是我将搜索场所转移到隔壁的房间。卧室里放着一张单人床和书桌，旁边还有一只书架。

卧室里也有橱柜，所以我先从这里着手。里面挂着衣服，还有不少箱子和容器，杂乱地堆在一起。我把箱子和容器一个个打开，却发现里面装的都是些不值钱的东西。

结果，我在这个房间里也没找到雕像。我看了一眼手表，已经六点。我开始有些着急，因为时限快到了。

我拉出床下的和书桌的抽屉，仍一无所获。我坐在床上，双手抱臂，犹豫着要不要给 A 打电话。我又看了一眼手表，已经六点二十分。事先说过，如果发生万一，就要联系 A。我心想，没能找到客户需要的东西，这也算“万一”吧？

我取出手机准备打电话，却突然停下，因为我发现厨房还没找过。重要的东西一般都会藏在意外的地方。

我来到厨房，先找了冰箱。三开门大冰箱里依然没有我要的东西。

橱柜里、水槽下也都是徒劳一场。我叹了口气，只剩下洗手间和浴室了，但感觉那两个地方很难藏东西。我歪着脑袋走出厨房。

突然——

一个陌生男人出现在房间里。

他身穿西装，大概四十岁左右，小个子，戴眼镜，镜片背后是一双瞪圆了的双眼。他手里提着一个纸袋，一看到屋里的我，惊得呆愣在原地。

我也一时间惊得动弹不了。两个人四目相对，这是一段奇妙的沉默时光。不对，其实只有一瞬间。

男人张大嘴、拔高了嗓门喊道：“你是谁？在这里干什么？”

我没回答，而是选择率先行动——我稍稍压低身子，像橄榄球运动员似的朝那个男人正面撞去。我对自己的运动神经和蛮力一直比较有自信。

“咚”的一声，我俩叠在一起倒在地上。我迅速跨坐到对方身上，握紧拳头，准备出两三记重拳将其打晕。

然而，我却停住了手。

因为对方已经完全不动弹了，镜片后面的那对眼睛已经翻了白眼。

一开始我还庆幸这样倒省事，不用再费力气将其打晕。但很快，我就看到地上漫出了大量鲜血。

“啊啊啊啊！”我不由得大叫起来。

仔细一看，大理石桌子的角上也有血迹。原来刚才倒下的时候，这个男人的后脑勺撞上了桌角。

我战战兢兢地把手伸到男人的鼻子下面，发现他已经没了呼吸；又抓起他的手腕，发现他连脉搏都没了。

糟了！

我杀人了！

我吓得后退几步，一屁股跌倒在地，感觉浑身无力。必须赶快逃走！就在这时，一件物品进入了我的视线。

男人提着的那个纸袋里面有个细长的盒子。

3

电话一下子就通了。A 问我怎么了，那声音里并没有以往那种轻飘飘的感觉。

我说大事不好，想要语速很快地说明情况，却发现自己紧张得嘴巴已经不听使唤，好几次都差点儿咬到舌头。

听我说完后，A 稍稍沉默了一会儿。我很害怕，担心他直接挂断电话。

但 A 并没那么做，而是回答“知道了”。他的语气非常沉着，反而让我感到疑惑。

“那个盒子现在在你那里吗？”

“在。”我说着朝桌上看了一眼。装着盒子的纸袋就在桌上，之前我怕放地上会沾到血被弄脏。不过现在那个男人好像已经不再流血。

“确认过盒子里面的东西吗？”

“确认过了，就是照片上的那尊雕像。”

A 简短地说了句：“好的。”然后接着说，“那就好，后面的事按原计划进行。”

“原计划？”

“把装着雕像的盒子带出来，在说好碰头的地方交给我。就这么简单。”

“那么尸体呢？该怎么办？”

“你什么都不用管。直接走人就行。”

“但是……”

“干吗？”

“这样不行吧？会出事的！”

电话那头的A哼了一声：“确实会出事，但也只是从入室盗窃案变成强盗杀人案而已。其实一开始就想好了警方会介入，现在住户死了，报案时间也会延后，这样反而更好。死掉的那个男人是单身的公司职员。警方最快也要明天才会接到报案。见他不去上班，有人去他家找他，然后才会发现尸体。那时候你已经在自己家里悠闲地喝酒庆祝了。”

“不会被人发现吗？”

“怎么发现？”A的声音听上去像是在嘲笑我，“没必要担惊受怕。警察会在被害人的周围进行调查，怎么也不会查到你头上。你不是已经避开摄像头了吗？”

“我照你说的避开了。”

“没留下指纹吧？”

“一直戴着手套。”

“那就没问题了。注意别留下让人起疑的证据就行。赶紧走吧！”

仔细想来，A 说得也许没错。于是我渐渐平复下来。

“那个怎么弄？就是客户要我留下明显的线索，提示出作案时间。”

A 对此仍是不以为然地说：“你不是已经留下重大线索了嘛，就是被害人的尸体呀。只要确认一下监控录像，就能知道那个男人是几点回家的。而且按照现代科学的搜查手段，应该可以准确地推算出他的死亡时间，这样就可以轻松地锁定案件发生的日期和时间。”

“原来如此。”

“不用再动什么手脚了，切忌刻意而为。懂吗？”

“知道了。”我挂上电话，心想，A 不愧是“老江湖”，他之前应该已经经历过很多次类似的“危急”时刻，这让我想想都觉得害怕。

我拿起桌上的纸袋，朝周围看了看，确认一下有没有漏掉什么。

最后，我又看了一眼尸体。虽然觉得他死得冤枉，但我也是没办法。我不想杀他，从一开始就没想过要杀人。虽然不知道是什么原因，但提前回家就是他不好。我只是一心想要完成客户交代的任务，为了填饱肚子，我什么事都愿意做。

我看了一眼自己的手表，六点四十分。但男人的手表却慢了十分钟。

当我仔细再看男人的手表时，不由地大吃一惊——手表的表面出现裂痕，手表停了。

我想，正好可以把这个当做明示作案时间的线索，但突然又冒出另一个念头。

我想到了很久以前看过的一部连续剧，是个蛮无聊的推理故事，其中就出现过一个作案手法，用的刚好就是“摔坏的手表”。杀人犯为了伪造犯罪时间，把被害人的手表调到完全不同的时间，然后将其摔坏，让表停走。我觉得手表并非易坏物品，如果坏了，反而会怀疑是不是罪犯的刻意而为。

切忌刻意而为——A 说过的话仿佛又一次在我耳边响起。

我惴惴不安地从男人手腕上摘下手表。这是一块老式的机械表，时针和分针停下的位置刚好显示为六点三十分。我摇了摇手表，又轻轻敲了敲，秒针并没有继续转动。

我开始寻思起来——如果把表留下，警方看到了会怎么想？应该会很容易地认为手表是案发时被损坏的，所以表上显示的时间就是案发时间。

不对，我觉得警方不会想得这么简单。我越看这块摔坏的手表越觉得不对劲，总觉得有一种说不出的别扭的感觉。这就是A所说的“刻意而为”吧？我觉得如果把这块表留下，警方也许会认为：“各种证据都显示案发时间是六点三十分左右，但这可能是凶手设的陷阱，实际的作案发生在别的时间。”

我越想头越疼。明明不是陷阱，却反而可能被怀疑成是陷阱。事到如今我还得担心这种事，真的烦死了。

结果，我把那块摔坏的手表塞进了运动服口袋里，想着既然不能留下，就干脆带走。

我站起身，提起纸袋，再一次环顾四周，然后朝门口走去。

和进屋的时候一样，我避开摄像头离开了公寓。边走边回忆自己刚才的行动，觉得应该没什么纰漏，唯一担心的就是那块手表。

4

晚上七点半，我来到和A约好的地方——公寓一旁的公园。从盒子里取出雕像。A看上去很满意，不停地点头。“这样就行了，很完美。不愧是我看中的人，办事就是可靠。”说完，他从怀里掏出一只大信封。

我接过信封，确认了一下里面的数目，心头一热。信封里是厚厚一叠万元大钞，而且都是足以割破手指的新钞。

“那尊雕像那么值钱？”

A把雕像放回盒子，笑嘻嘻地说：“有些事，你不用知道。”

“哦……也对。”

“为了我们大家好。”

“我懂的。但真没想到居然会发生那种事，我杀了人……”

A重重地拍了一下我的肩膀：“这就是命，是那个男人命不好。仅此而已。不用放在心上，尽快忘了吧。”

“尸体就那么放在那里，真的没事吗？”

“没事。刚才我在电话里不是说了嘛，警察按惯例展开搜查的话，是不会找到你头上的。一般都会怀疑是熟人作案。也许警方还会去找想得到这尊雕像的客户。”A提起纸袋，“不过客户今晚已经准备好了充分的不在场证明，必定会万事顺利。”

“警察能确定准确的作案时间吗？”

“你担心这个干吗？不用想多余的事，没事的。要相信警方的办案能力。”

多余的事？我按住了运动服的口袋，想确认那块手表的存在。

“怎么了？”A问我。

我犹豫着要不要告诉他手表的事，但还是选择默默地摇摇头，因为觉得就算现在说了也无济于事。

“那就这样了，再见。有好差事会再介绍给你的。房间的那把钥匙，你随便处理掉吧。”说完这些，A快步离开了。

我也慢慢地离开公园，心里却留下一种不踏实的感觉。

从尸体身上摘下手表的举动，不知道是对还是错。警察一定会发现少了一块手表。他们会不会对此起疑心呢？为什么凶手要把并非高级货的手表拿走呢？

如果仅此而已，倒也无妨。但问题是，如果由此展开奇妙的联想，那就糟了。

带走手表，等于在告诉警方——这起案件的关键就在于作案时间。当然，警方也会因此质疑之前推断出的作案时间，怀疑那是不是凶手设下的陷阱。

我越想越觉得不安。

我开始寻思着想把手表还回去，把手表戴回尸体手上。幸好钥匙还在我手里，现在回去还来得及。我从口袋里掏出手表。

不对——

我越看指着六点三十分的表盘，越觉得像假的、伪造的作案时间。我又推翻自己刚才的想法，认为不应该把这手表留在现场。

我琢磨来琢磨去，却始终无解，闷闷不乐地走着走着，突然撞到一个人。哇！对方叫了一声，眼看就要摔倒，我眼明手快地赶紧一把将其拉住。

对方是一位白发的瘦瘦的老人。

“对不起。”我道歉说。

“哦，没事。”老人一脸平和地摆摆手，“也怪我的眼睛在看着上面。”

看样子，老人刚才正打算把店铺的卷帘门放下。我看了一眼老人的店铺，不由得瞪大了眼。这是一家钟表店，而且是那种最近已经不常见的老式小店，贴在墙上那几个“更换电池”的字还是手写的。

我的脑海中立刻闪过一个念头。

“怎么了？”老人问我，他似乎就是钟表店的老板。

我从口袋里掏出那块手表：“能帮我修一下吗？”

也许是没想到撞他的人突然变成了客人，老人的表情看上去很意外，但就在他接过手表的一瞬间，脸上的表情转变为了手艺人的专业表情，仔仔细细地端详起手表来。

“不好说，得打开看看才行。”老人一边说一边拿着手表走进店里，我也跟着进了店。

老人来到店内角落里的一张操作台前坐下，然后开始作业。他戴上双重镜片眼镜，用工具打开手表后盖，朝里面看了又看，自言自语似的说着："哦，是这个零件松了。"

"能修好吗？"

"嗯，应该马上就能弄好。"老人弓着背，正式开始修理。他把手表固定住，双手拿着各种工具操作的动作看上去非常娴熟。

没过多久，老人直起背来，满意地点点头："好了。"

"修好了？"

"算是吧，不过裂了的表面得联系厂家才能买到替换品。"

"指针能走了吗？"

"都好了。"

"表面无所谓，没时间了。"

就算表面有裂痕，只要指针能走就行。

"是吗？那我帮你对一下时间吧。"老人盖上表盖。

付完钱，我走出钟表店，急急忙忙地赶回公寓。

进房间的时候我仍然很害怕，脑子里还在担心尸体会不会已经被人发现。但转念一想，如果真是这样，警察应该也到了。

室内的模样和我走的时候没有两样，男人的尸体也和我最后看到的时候一模一样。

我戴着手套把手表戴回男人的左手。表上的指针显示出现在的时间——八点二十三分，秒针正在强有力地走动。

这样就行了。我放心地离开房间。

5

四天后，我在电视新闻里看到了关于这起案件的报道。女主播说，死者同事发现死者多日无故旷工，且打电话也没人接。于是来到其家中，向物业说明情况后，得以进入屋内，结果发现了尸体。公寓内的摄像头记录下了死者当天傍晚回到家的时间，且死者家中有被翻乱的迹象，警方认为很有可能是被害人回到家中后，被不明身份的人袭击后身亡。

"太棒了！"我在电视机前单手握拳挥了一下。从新闻报道的内容来看，警方对作案时间应该没有疑惑。这就足以让客户的不在场证明成立，A应该也很满意吧。

我从冰箱里取出啤酒，再次回到电视前盘腿坐下，一边喝酒一边哼起小曲来。

我拿着遥控器，随便选台，想看看其他频道会不会也有对这起案件的报道。然而，就在这时，我家那个破旧的门铃响了。今天我并没和谁有约，应该也不是快递，我心想可能是上门推销的，就没搭理。但没想到紧接着就听到"咚咚咚"的粗鲁敲门声，而且门外的人还叫起了我的名字。

"我知道你在里面。快开门吧！房东让我来送东西给你。"听声音，应该是我不认识的人。

而且他还提到了“房东”，这让我觉得很奇怪，因为我昨天明明已经把拖欠的房租都付清了。

我无奈地站起身，走到门边，故意不打开门上的链条锁，只把门开了一条缝。

“你好。”出现在眼前的是一个圆脸的中年男人，正满脸堆笑地看着我。他头发稀少，又剃得很短，穿着灰色西装，双手捧着一个盒子。

“你是哪位？”

“我是替房东跑腿的，他让我把这个交给你。”

盒子不算大，却也没小到可以从门缝里塞进来。我无奈地咂了一下舌，只能先把门关上，把链条锁松开后，再重新把门打开。

“谢啦。”圆脸男人笑着，自说自话地走进屋来。

“你干吗随便进来？！”

“没关系吧。请收下吧。”男人朝我递来盒子。

我接过盒子，轻得让我有点儿意外。我当场打开一看，惊得张大了嘴。里面只有一张纸，是昨天房租的收据。

为什么收据会在盒子里？一想到这里，一种不祥的预感涌上心头。我狠狠盯着眼前的男人，刚想轰他走，不料这个男人快速掏出一样东西，问："我有些事想问你，现在有时间吗？"

他掏出来的正是一张警官证，这人是刑警。

我目瞪口呆地愣在原地。刑警朝我身后看去。

"哟，在看电视啊？大白天就喝啤酒？日子过得很滋润嘛，莫非你一直在看各个频道的新闻？"

我转过身，按下遥控器的开关把电视关了，然后重新与刑警面对面："请问有何贵干？"

"刚才不是说了嘛，有些事想问你。先问问这个吧。"刑警捡起掉落在脚边的一张纸，是刚才那张收据，也不知道是什么时候掉在地上的。

"你昨天把拖欠的房租一次性全付清了？"

"不行吗？"

"那倒不是，这是好事。不过我想知道你的钱是从哪里来？毕竟你现在没工作，却有本事一下子拿出那么多钱，我觉得很不可思议。"

"……那是我借来的。"

"问谁借的？"

"你管我是问谁借的，这是我的隐私。"

"看你的模样，就算把钱借给你，估计你也不会还。难道这世上还真有人像菩萨一样，明知你不会还钱却还是愿意借给你？"

“烦死了！你管得着吗？”

我挥挥手，就像在驱赶苍蝇一样。同时，我也在混乱的大脑中试图理清现在的状况：为什么警察会来？难道是我突然一下子付清房租，房东觉得可疑，所以报了警？但这么点儿事，不至于让刑警上门找我。

“那我们换个问题。”刑警把手伸进西装的内袋。

“怎么还有问题？”

“我刚才不是说了嘛，‘有些事’要问你。你对这样东西有印象吗？”刑警掏出一张照片给我看。

看到照片，我立刻愕然，因为照片里的东西正是那尊雕像。

刑警微微扬起嘴角：“看样子，你应该知道些什么。”

“不是的，没有，完全没有。”我用力摆摆手，“我从没见过这种东西。”

“哦，是吗？但你内心应该很想知道关于这尊雕像的事情吧？比如：它到底值多少钱？”刑警继续把照片对着我，同时仔细观察着我的反应。

我强装面无表情，但他却不依不饶地说：“被我说中了吧？”

“你到底在说什么？我完全不知道。”我摇摇头。

“是吗？那你先当我是在自言自语吧。这尊雕像价值连城，但并非因为它是艺术名品，而是因为它的材料。这可不是用普通白色石头做成的。你猜猜，它的材料是什么？”

“不知道。这和我有什么关系？”我嘴上这么说，但心里却很想听刑警继续说下去。

“事实上，这是毒品。原本白色的粉末，以特殊的方法做成像石头的模样。对于走私毒品的人而言，这绝对是一件上等好货。前几天，警视厅接到线报，得知有人将这东西带入日本境内。团伙犯罪对策科的兄弟们为了找出将其带入境的罪犯，每天都在辛苦奔走。前天，因为一件意想不到的事，让我们警方找到了这个人。四天前，东京市内发生了一起杀人事件，而死者就是将这尊毒品雕像带入境的人。我们搜查一科的刑警和团伙犯罪对策科的兄弟们得知死者就是运毒者后，都兴奋不已，觉得这是一条重大线索。但我们找遍整个房间都没找到那尊毒像，我们觉得这尊‘毒像’应该是被凶手带走了。”

我听得全身不住地冒冷汗。没想到那尊雕像居然那么“有故事”，难怪听说人死了之后，A 会那样地不以为然，他背后一定有庞大的黑社会组织给他撑腰。

“所以我们认为，凶手是知道雕像的真相也知道雕像就在死者手中的人。我们列出几个有重大嫌疑的人员名单，但很遗憾，这些人都有完美的不在场证明，而且是完美到让人觉得很不正常的不在场证明。凶手的作案时间是四天前，死者回家后的傍晚六点到晚上八点之间。但在这段时间内，那些嫌疑人不是去远方度假就是在公共场所和别人在一起。于是，我们开始考虑别的可能性。我们觉得主谋肯定就在那些嫌疑人之中，或者有可能所有嫌疑人都以某种形式参与其中，但是真正作案的却另有他人，而且必须是与这些嫌疑人完全无关、也无法通过人际关系网追查到的人物。”

我不敢正视正在微笑的刑警，心里在想：为什么？为什么警察会找到我？我应该没有留下任何线索。当时我也避开了公寓的摄像头，而且就算不小心被拍到脸，也不能证明我就是凶手。

“如今的网络使犯罪的范围越来越广。”刑警说，“通过交友网站得以结识的不只是那些素不相识的男男女女，还有未曾谋面的罪犯与罪犯、罪犯与罪犯预备军、罪犯预备军与罪犯预备军、无犯罪意识者与愉快犯罪者——这些都实际上形成了各种组合的共犯关系。如果其中还有中间人的介入，那真的会让我们警方很头疼，因为很难找到两者之间的关联。”

刑警说得没错。A 也曾说过类似的话，但为什么刑警能找到我呢？我很想问，却开不了口。

“一旦从人际关系网找不到突破口，我们刑警的工作就会一下子变得很枯燥。”圆脸的刑警继续说，“我们会去附近到处打听，或是调查现场的遗留物品。你猜上头安排我做什么？我负责的是追查死者回家前的行踪。因为是命令，我只能服从。但说实话，我当时真的很不高兴。你想想，已经有证据表明案发时间是他回家以后，凶手当时应该埋伏在他家里，或者凶手当时正在房间里找东西，不巧撞上提前回家的死者。不管怎样，死者回家之前在哪里、做了什么，本该与案件无关。我当时还觉得自己运气不好，抽到一个‘下下签’。”

我不由得抬眼窥探刑警脸上微妙的表情。他的言下之意是，事实上他抽到的并不是“下下签”，但那又是什么意思？

“问题是——时间对不上。案发当天，死者因为身体不舒服，比预计的时间提前了两个小时离开公司，具体来说是下午五点三十分左右。从公司到他家，最快也要四十多分钟。公寓的监控录像也能证明，他回到家的时候是下午六点二十分左右。”

听刑警这么一说，我觉得更加混乱了——五点半离开公司，路上花四十多分钟，六点二十回到家，这不是很自然吗？

“你似乎对我刚才说的那句‘时间对不上’有所困惑吧？”刑警似乎已经看透我的心思。

因为完全被他说中，所以我只能沉默不语。刑警见状微微一笑：“如果从公司直接回家，那么时间刚好。但事实并非如此：死者回家前应该去过别的地方。有证据表明，他肯定去过别的地方，但就时间而言，他又不可能有时间去别的地方。所以我们当时觉得很困惑。结果，我们意外地打听到一条重要线索。”

“从哪里打听到的？”

刑警得意地挺起胸，仿佛就在等我问这个问题。

“一家钟表店，具体地说，是一家老式的钟表店。我们带着死者及其手表的照片，跑了好多店后，才找到那家店。”

一瞬间，我觉得后脑勺仿佛受到重击，立刻两腿发软。这时才发现，原来刚才我一直都站着。

“为什么是钟表店？”我轻声轻气地问道。

刑警说：“因为手表被修过。”

我不明所以地两眼放空，一句话都说不出来。

“据说那天死者发了一整天的牢骚，说他早上晨跑的时候不小心摔了一跤，把手表摔坏了。他戴着摔坏的手表去上班，本打算找个地方拿去修，很多人都可以证明。他那天一直叫苦说手表坏了很不方便，而且在他离开公司之前，手表一直是坏的。但不可思议的是，尸体被发现的时候，手表居然在走，而且没有跳针，也没有走走停停，完全显示出正确的时间。理由只有一个。表被修好了。但问题是，他是什么时候去钟表店修好手表的呢？拿去修表的应该只可能是死者，但时间上有矛盾，这让我们苦恼了很久。然而，一家钟表店的证词帮我们解决了这个难题：其实不是死者，而是另一个人把摔坏的手表拿去修理了。”

我已经完全停止了思考，任由刑警的话划过我的脑海。我不由得想起那块摔坏的手表表盘：六点三十分——那居然是那天早上的六点三十分！

“钟表店的老板对那个让他修表的客人印象很深。”刑警说这话的时候就像在说一件喜庆的事，“他好久没碰机械表了，所以很开心。而且那个客人付给他的是一张崭新的万元大钞。我们问他钱还在吗？他说还留着呢。于是我们请他协助调查，把那张纸币带回警局，因为是一张新钞，所以鉴证科轻而易举地就从上面采集到了清晰的指纹。就这样，我们意外地得到了有力的证据。如今的技术，要比对指纹，简直易如反掌，包括违反交通的指纹记录在内，谁、在哪里、做过什么，一下子就能查出来。”

我想起来，当时付给钟表店老板的那张万元大钞就是从 A 给我的信封里抽出来的新钞。

“所以——”刑警从怀里又掏出另一张照片，那是我的照片，是印在驾照上的照片，“现已查明，把手表带去钟表店修理的就是这张照片上的人。我们又重新调查了案发公寓的监控录像，发现有人与这张照片上的人长得很像，且多次进出公寓。于是我们不得不来找本人求证。这不，我就来找你了嘛。辛苦你，跟我走一趟吧。”

我动弹不得，一句话都说不出来，只是呆呆地凝视着一片虚无。

刑警见状又继续开口：“但我怎么都想不明白。我一开始说，有些事想问你，但其实最想问的只有一件事。”刑警竖起食指指着我问，“你干吗要去修那块表？你能不能先在这里告诉我一下？”

我抬头看着刑警，看到他的眼睛里闪着好奇的目光。

干吗要去修那块摔坏的手表？——我呆呆地想不出该怎么回答这个问题才好。

蓝宝石的奇迹

1

未玖以前一直以为自己住的是个小地方——在家的附近就能买东西；去学校步行十分钟都不到；朋友家也都离得很近，来往很方便；走在路上的时候，总是能遇到熟人打招呼。

直到五年级的时候，她才终于发现，以前之所以会那么想，只是因为自己的行动范围太过狭小。只要稍稍走远些，就能看到之前从未见过的新世界，比如一栋超大的办公楼、入口装饰得很时尚的餐馆，还有很多乍一看根本不知道是卖什么的店铺。

也是在五年级的时候，她在一个意外的地方发现了一间神社。那天回家路上，纯粹是一时兴起，未玖选了一条从没走过的小路。虽说只是偏离车水马龙的主干道一点点，那条小路却静得出奇，仿佛时间完全停止。路边是一排古旧的民宅，时不时地还能看到几家零星的小店，但那些店都已大门紧闭。

那间神社就“藏”在那些房子之间。走上一段小小的石阶，未玖看到一只功德箱。拉动粗粗的摇铃绳，头顶上方的铃铛就会“当啷”作响。

“希望我能变成有钱人。”虽然声音很轻，但她还是说出了自己的愿望。

未玖的家算不上富裕，父亲死于一场事故，一家人的生活全靠母亲白天在超市打工、晚上去居酒屋干活维持。未玖没法奢望那些高价的玩具，也不会去参加任何花钱的游戏。所以每天放学后，大部分时间她都是一个人。她特别羡慕别的孩子。

未玖一直希望自己能变成有钱人，却并不是因为想要过奢侈的生活。她只想让终日辛苦的母亲能稍稍轻松一些。

她对着功德箱祈愿，却没有扔一毛香钱进去。

如果仅此而已，未玖估计不会在之后的每一天几乎都来这间神社。就在她穿过小小的鸟居准备离开的时候，她发现了“他”。

“他”在围着神社的石阶上，双手双脚藏在身体下面，摆出一副据说是猫很擅长的名为“香箱座”的姿势，一脸若有所思的表情，眯着眼，俨然一副思考哲学难题的模样。

“他”身上有着浅棕色的条纹，额头上也有几道深棕色的纹路。未玖试着走近前看，一开始还担心“他”会逃走，但结果“他”根本没动，只是睁开眼，瞥了未玖一眼。

未玖伸出手，摸了摸“他”的身体。毛很柔顺，就像新毛笔一样。被摸的时候，“他”的喉咙里发出“咕噜咕噜”的声音。未玖明白，这表示“他”喜欢被她抚摸，于是放下心来。

过了一会儿，“他”站起身，面朝未玖，接着又不停地舔未玖的手，然后发出“咕”的叫声——不是“喵”，也不是“喵呜”，而是“咕”。

未玖觉得“他”是饿了。想起书包里还有学校午饭时发的面包，于是赶紧打开书包。她把面包撕成小片，送到“他”的鼻子底下。没想到“他”却不屑一顾地扭过头去。未玖心想：什么意思嘛。难道在示意想吃更好吃的东西?

“对不起，”未玖对“他”说，“明天我会带好吃的来。”

“他”抖了抖鼻子，未玖觉得“他”是在说：那我等你。

第二天放学后，未玖先回家打开冰箱寻找有没有猫可能会喜欢吃的东西。梅子、酱菜、藠头、生鸡蛋——未玖觉得猫应该不会喜欢吃这些。

突然，她看到了奶酪鱼糕，于是拿了一块，悄悄放进口袋里。

因为冰箱里已经找不到什么好吃的，所以她又去翻放零食的橱柜，然后把曲奇饼和棉花糖也装进口袋。棉花糖是未玖自己想吃。

未玖把口袋塞得满满的，来到神社，却没看到昨天那只猫。未玖心想，不在也没办法，于是拉了几下摇绳，听了几声铃铛响，然后走下石阶。就在这时，她看到“他”出现在树丛中，正目不转睛地抬头看着自己，似乎在说：原来是你，又来了？

未玖蹲下身，从口袋里掏出奶酪鱼糕，剥掉外面的塑料包装，撕成小块放在猫面前。“他”小心翼翼地闻了闻味道，然后舔了舔，但似乎并没打算将其吃进嘴。

“你怎么不吃？”未玖问。

猫却对她的问话不理不睬，自顾在奶酪鱼糕前摆出和之前一模一样的哲学家似的“香箱座”姿势。

“那这个呢？”

未玖把曲奇放在“他”面前。这一次，“他”只是把鼻子稍稍凑过去一下，连舔都没舔，似乎也不对“他”的口味。

未玖在一旁的石阶上坐下，从口袋里掏出棉花糖，拿了一块塞进嘴里，然后眺望远方，欣赏晚霞之美。

突然，她感到有什么东西好像隔着她的牛仔裤在碰她的膝盖，低头一看不由吓了一大跳——不知什么时候，猫已经来到她的近旁，前脚正放在她的膝盖上，身体和脑袋伸到最长，鼻子一个劲儿地凑近未玖装棉花糖的口袋。

“咦？你喜欢这个？”

未玖从口袋里掏出棉花糖，放到猫鼻子前。这一次“他”只舔了一口，就马上毫不犹豫地咬了一口。咀嚼吞下后又开始吃第二口，接着一口又一口，很快，整块棉花糖都进了“他”的肚子。但“他”似乎还不满足，继续对着未玖的口袋闻了又闻。于是未玖又拿出一块棉花糖。

吃完第二块棉花糖后，“他”终于露出心满意足的模样，跳上未玖的膝盖，团成一团，似乎在催她：快摸摸我。

未玖抚摸着“他”的身体，听到“他”从喉咙里发出咕噜咕噜声，未玖觉得自己的内心非常平和。

从这天起，未玖每天放学后都会去那间神社。虽然有规定不允许带零食去学校，但她还是偷偷地把一包棉花糖塞到书包里。

未玖给猫取了个名字叫“稻荷”，因为“他”的毛色和“稻荷寿司”[①]一模一样，还因为神社的名字里也有“稻荷”两个字。

未玖决定给稻荷戴个猫环，因为她觉得如果不戴猫环就可能会被当成野猫，会被抓去动物收容所。于是她去百元店买了条粉色的带子，自己动手做成猫环给“他”戴上。浅棕色的稻荷戴着

① 一般做法为用炸过后蘸了酱油的豆腐皮包覆寿司米，表面为浅棕色。

粉色的猫环，比未玖想象中的还要合适。

未玖对稻荷说了很多事，主要的话题是关于未来的梦想。未玖的梦想是做一名美发师。她希望能为各种各样的客人做头发——剪出最适合客人的发型，然后染个色或是烫一下，做完头发后，客人仿佛判若两人，然后对未玖表示感谢——光是想象一下这样的情景，就让未玖内心雀跃不已。

当然，她并不是发出声音对稻荷诉说，而是一边抚摸着稻荷，一边在心中喃喃自语。但不可思议的是，她似乎可以听到稻荷的回答——

这个梦想很不错。

但为此你必须努力学习。你要是算术不好的话什么都做不成哦。你觉得算术和美发师没关系？当然有！比如说，你要是找钱给客人找错了可不行吧？而且你至少得读到高中毕业。要考上高中的话，算术也是必考科目。哦，不对，进了初中以后，就不叫“算术”，改叫“数学”了。

对未玖而言，和稻荷在一起的时间是无可取代的至珍时光。不管遇到多么难过的事，只要和稻荷在一起，她的内心就能得到治愈。

然而——

稻荷不见了。这天，未玖和往常一样放学后来到神社，也像往常一样摇响铃铛，但原本一听到铃声就会出现的稻荷，这一天却始终没有现身。

未玖觉得很奇怪，只能失望地回了家。第二天放学后，她又去神社找，却依然没看到稻荷。第三天、第四天也都没见到稻荷。

神社里有一间小小的办公室，办公室里有时候有人，有时候没人。未玖从没和里面的人说过话，但这一次，她鼓起勇气，问了神社办公室里的人——一个头发已经花白了的大叔。

“经你这么一说，最近好像确实没见到那只猫。”大叔似乎知道稻荷。

“您知道‘他’去哪里了吗？”

对于未玖的这个问题，大叔只能苦笑着说：“不知道呀，毕竟是一只野猫，也许是去了别的地方吧。”

未玖心想：这绝不可能。稻荷不可能说走就走，至少不会对自己不告而别。

然而，自那以后，未玖再也没见过稻荷。渐渐地，未玖不再去那间神社。

这样的日子差不多过了两周。这天放学后，沿着主干道边上的人行道上朝家走的未玖突然看到一件熟悉的东西。

在马路护栏的一根栏杆上，挂着一条粉色带子。

未玖赶紧跑过去确认。没错，这就是自己给稻荷戴的那根猫环，因为是自己亲手做的，所以不会认错。

怎么回事？究竟怎么回事？

未玖觉得脑子里很乱，一下子也想不出什么答案，而且大脑正在拒绝接受眼前看到的事实。

而在挂着猫环的栏杆下方，摆着一束花。

2

路边摆放花束意味着什么？就算未玖还只是个孩子，她也明白，这是为横死之人献上的花。不对，不一定是人，但一定是有谁丢了性命。

之后，未玖每天的必做之事从去神社变成了去盯梢挂猫环的栏杆。她想弄清楚是谁放的花。未玖第一次看到花的那天，花还很新鲜。她猜想可能有人会定期过来献花。正好旁边有个小公园，未玖就在公园里盯着护栏。

但毕竟不能二十四小时一直盯着。她只能在每天放学回家路上的一个小时左右的时间里，坐在公园的长凳上假装看书，眼睛却一直望着护栏。未玖也知道自己可能会徒劳一场，不会找到放花的人；她来公园，只不过是一种自我安慰。

然而，一周之后，发生了一件意外的事。这天，未玖看到一辆小货车停在公园旁，一个大个子司机下车后，手里拿着一小束花，取走已经干枯的旧花，把新的花放在地上，然后摆出的手势在面前划了几下，就像是在做祷告的仪式。接着，他转身回到车上。

未玖吃惊地站在原地，心想：没错，一定就是这个司机把猫环挂在栏杆上的。

她赶紧朝货车跑去，却听到货车引擎发动的声音。未玖心想如果这次跟丢了，恐怕以后都没机会再见了。

未玖跟在已经发动的小货车后拼命追赶。“等等！等等！”未玖一边大喊一边挥手。

很快，小货车放慢速度，停在了路边。司机打开驾驶座旁的车门。这个短发、四方脸的男人诧异地看着未玖：“怎么了？什么事？”

未玖跑上前，大喘吁吁地问：“那束花是怎么回事？那里发生过什么事？”

司机皱紧眉头：“你为什么要问这个？”

未玖说：“因为那是稻荷的颈环……”

“稻荷？”

“稻荷是一只猫。”

司机听到这里，眼睛瞪大了问：“那是你的猫？”

“不是我的猫，但‘他’和我很要好……”

“是吗？”司机喃喃地说，然后关掉小货车的引擎，走下车来。

司机说当时他并没有速度很快，也没有分心不看路。

“我当时是正常行驶，但那只猫突然窜了出来……实在来不及躲避。虽然我立刻踩了刹车，但还是感到重重地撞上了……哦，用‘感到’这个词也许奇怪，但总之就是有感觉。我下车后，看到那只猫倒在地上，软趴趴的，完全没有动弹。当时我也不知道该怎么办才好，但也不能弃之不管，所以就用手机查到最近的宠物医院，然后赶紧送去。但结果还是没用，医生说它已经伤到内脏，救不活了。事后我始终觉得放不下，所以就像刚才那样去那里放一束花。”

听司机讲述这段话的时候，未玖已经哭成了泪人。稻荷果然死了。

司机把救治过稻荷的宠物医院的地址也告诉了未玖。虽说这家医院就在附近，却并非步行可达的距离。

“我开车送你过去吧。”司机说，“正好顺路。”

妈妈从小就告诉过未玖，不要跟陌生人走，不要上陌生人的车。但这一次，未玖却点头同意，因为她觉得为被碾死的猫送花的人应该不会是坏人。

司机把未玖带到一栋白色大楼前。未玖有些意外，因为她之前还以为会去街边的小诊所。

未玖心想，既来之则安之。于是跟着司机一起下车进了宠物医院。司机先在医院前台进行问询。一旁的未玖听到他问前几天送来的那只猫最后被送去哪里了。未玖心想：这个司机果然不是坏人，所以，他说那是一起意外事故，应该也是真的。

等候室很大，里面有好几个人，都带着猫或狗。那些猫狗都被驯养得看上去很乖巧，但也可能是因为生病或受伤而没有精神欢闹。然而，无论如何，至少它们都还活着。未玖想到稻荷已经不在这个世上，再也回不来了。

稻荷！未玖在心中大声呼喊。一想到再也无法抚摸那柔软顺滑的猫毛，未玖就忍不住悲从心来。

稻荷——

就在这时，未玖的心里突然产生了一种奇妙的感觉——既好似在耳边私语的声音，又像有熟悉的气味，还有暖风一样的感觉。她赶紧抬起脸，朝四周张望。

除了正对诊疗室的门以外，等候室里还有另一扇门，门上挂着“看护室”的牌子。未玖看到两个像是夫妻模样的人从里面走了出来，于是觉得这个“看护室”应该可以随意进出。

未玖站起身，她觉得“那种感觉”就是从这个看护室传出的。

走进“看护室”，未玖看到很多笼子。笼子里有不少应该是正在住院的猫和狗，它们被关在狭小的空间里，看上去很可怜。看见未玖进来，一只博美虚弱地摇了摇尾巴。

未玖看到“看护室”里还有一扇门，上面贴着“闲人免入”。但未玖的眼睛却无法离开这扇门，因为她有一种强烈的感觉，门背后就是她要找的真相。

未玖吞了口口水，转动门把手。门没有上锁，她轻而易举地打开了门。

眼前出现了一条长长的、昏暗的走廊。未玖提心吊胆地朝前走，虽然感到自己心脏狂跳，却还是没有停下脚步。

就在走廊的尽头，又出现一个笼子状的东西，但比刚才看到的笼子大了很多，感觉是用来关特殊动物的。

然而，未玖却发现笼子里是一只猫，长毛，中等体型，正坐在笼子中央，一动不动。

未玖吃惊地瞪大了眼，因为这只猫有着与其他猫明显不同的特征。不对，不仅如此——

就在这时，突然有人用力抓住未玖的双肩。她本想大叫，却因为太过恐怖和吃惊而失声。回头一看，未玖发现一个白衣男人站在自己身后。

“你在干什么？”一个男人问道。

未玖没能回答，只是无声地动着嘴。

男人迅速拉上笼子前面的帘子，压低声音说：“不许告诉任何人关于这只猫的事。”男人瞪着未玖，继续强调说，“听懂了吗？”

未玖害怕得说不出话来，只能重重地点点头。

未玖被男人推回之前的那间看护室。男人将贴着“闲人免入”的门上了锁。

回到等候室，未玖发现司机一直在找她。司机有些生气地说：“你去哪里了呀？”

“对不起，我去看住院的小动物了。”

“是吗？你应该跟我说一声的。”司机放低声音继续说，“关于那只猫，果然没救活。遗体已经交给专业人员拿去火葬了，但不知道有没有骨灰。”

“是吗……”

“抱歉，我能做的只有这些。你家住哪里？我送你回去。”

未玖摇摇头，说自己能回去，然后又朝刚才那间“看护室”看了一眼。

刚才那个白衣男人正站在看护室门口，朝未玖冷冷地看了一眼，然后扭开脸，自顾打开门进了室内，从未玖的视线中消失了身影。

3

仁科望着大笼子叹了口气。里面一共有五只刚出生的小猫，互相推搡着，正在抢泰贝莎的奶喝。这幅本该人见人爱的情景，在仁科看来却是心结难开。

泰贝莎是一只母金吉拉，血统纯正，毛色靓丽。这次生下的小猫中，白色的有三只，黑的有两只，每一只都很俊俏，好好找一下，应该能找到愿意养它们的主人。

“但应该已经不行了。”

正在一旁的沙发上正在做编织的妻子苦笑着说：“看来你终于下决心放弃了。”

“其实我也想过再试一次。”

“不行！你知道照顾小猫有多辛苦吗？给它们找主人也很难。”

“我明白，我也知道这事儿让你很辛苦。”仁科回头看了看今年六十岁的妻子。在她身旁躺着一只银灰色的猫，这是泰贝莎上一胎生下的小猫，一直都没找到愿意收养它的主人，结果只能由他们自己养。

“但是，”仁科有些不死心地说，“我觉得下一次一定可以成功。”

“不行！”妻子态度非常坚决，“你知道已经生了多少只吗？”

仁科皱着眉说：“我知道，我又不是不会数数。”

“到上一胎为止，已经十只了，加上这次生的五只，总共就是十五只。之前还一直担心万一这次一胎生七只该怎么办。”

“我不是跟你说过不用担心嘛，泰贝莎的身体不可能一胎生七只。事实上，这不只生了五只嘛。”

“这次只是运气好。总之，到此为止。下次要是再怀孕，肯定不可能只生一只。”

“但那只是迷信吧，不用那么害怕。”

“你在说什么啊！你不是不知道迄今为止坏了规矩的人毫无例外都受到了诅咒？”

“我当然知道，但是……”

“到此为止！”妻子的语气非常强硬，重新做起编织，“你要是实在想继续，就先和我分手。我可不想被诅咒。”

仁科撇撇嘴，摸了摸头发越来越少的脑袋：“知道了。那么猫爸爸怎么办？总不能一直养在我们家吧？”

“这个倒无所谓，但如果决定留下‘他’，得先给他做绝育手术。”

“要不，送给猫咪繁育者？”

“不知道有没有人愿意接手。”妻子一边继续手上的编织活儿，一边把脑袋歪到一边，“据说那些专业的繁育者普遍认为不可能发生‘蓝宝石的奇迹’。”

“不知道有没有人愿意把‘他’当宠物养。单纯当宠物养，也会觉得很有面子。”

“两年前也许还有可能，但现在……我觉得就让‘他’在我们家度过余生是最好的选择，毕竟‘他’之前不知道已经换过多少次主人，也该有一个安稳的家了。”

“那要不给他去做绝育手术吧？”

“那是必须的。”妻子用力地点头，“我可不想受到诅咒。”

“好的。”仁科站起身。

“你去哪里？”

“我去看看‘国王’。”

走出客厅，仁科站在隔壁的房间门口，门上有个小洞方便猫咪进出。不只是这间屋子，整个家的所有门上都有这样的猫洞。当年他退休后，因为兴趣爱好而决定做猫咪繁育者时，把家改造成了现在的模样。

但最近，他觉得差不多该停手了。其实从几年前开始他就曾想过不干了，毕竟体力跟不上。但因为邂逅了一只猫，让他改变了想法。他想让那只猫最后再“开一次花”。

他打开门进入屋内。这是一间面朝院子的西式房间，有一扇很大的飘窗。因为“国王”很喜欢这里，所以就把这里当作了“国王”的房间。

像往常那样，“国王”就在房间里，面朝庭院，悠然地坐着。阳光照得“他”的长毛闪闪发光——泛着淡淡的蓝色。

其实早先是更艳丽的蓝色。刚才妻子说“两年前的话还有可能”就是这个意思，最近“他”的毛色越来越淡了。

这是一只雄性波斯猫，名叫“蓝宝石”。名字的由来当然就是因为“他”的毛色。这是一种名为“俄罗斯蓝猫”的品种，但这种猫其实大都是灰色，怎么看都看不出来是蓝色。然而，“蓝宝石”的毛确实是蓝色的。第一眼看到“他”的人都会问是不是给“他”染过颜色。但其实没有，养过一阵子就会明白，因为“他”身上新长出来的毛也是艳丽夺目的蓝色。

关于“他”的出身，仁科也不是很清楚，能查到的最早记录是“他”曾被一位意大利富豪收养过，但因为事业失败、意大利富豪自杀，之后由一位日本实业家在拍卖会上将其拍下。

但那之后，那位日本实业家也突然死亡，据说是一家人外出旅行时，所乘坐的船只发生了沉船事件。当时，“蓝宝石”和“他”的孩子、六只小猫一起被留在家里，才逃过一劫。

那个日本实业家曾经想为“蓝宝石”繁育后代。仁科非常理解这种心理，如果能繁育出更多的蓝毛猫，必定会在宠物业内掀起一场革命。

实业家死后，“蓝宝石”又一次更换主人。这一次的主人也曾尝试繁育蓝色波斯猫。但是无论尝试了多少次，每次生出来的小猫都只有平凡的毛色。

而后——

那个主人也死了。在山路上开车的时候，方向盘打滑，连人带车翻落山崖。事故的具体原因至今不明，唯一的可能是其自己驾驶失误。

那个主人养了“蓝宝石”一年。事故发生的三天前，“蓝宝石”的第十七个孩子刚刚诞生。为了繁育后代，猫主人弄来了三只雌性波斯猫。但很遗憾，这些雌猫都没能生出一只蓝毛猫。

这只拥有神秘魅力的蓝色波斯猫之后又跟过好几个主人。有收藏家，也有专业的繁育者，但他们的目的都只有一个，就是希望繁育出这世间罕有的蓝色血统。这种梦想渐渐被称为“蓝宝石的奇迹”。不过，所有人的挑战都以失败告终。如果只是育种受挫倒也罢了，但问题是，几乎每一个主人都会死于非命。渐渐地，人们将其描述为一种诅咒。

“如果要给‘蓝宝石’育种，最多只能生十六只。第十七只小猫出生后，几天之内，死神必定降临。”

没人知道为什么会是十七只？但仁科听到说过一个说法。波斯猫的起源可以追溯到十六世纪的意大利长毛种猫。而在意大利，“十七”是一个不吉利的数字。“十七”可以用罗马数字表示成“XVII”，换一下顺序就是“VIXI”，而这是表示“我正活着”的拉丁语“VIVO”的过去式，意为“我曾活着”。换言之就是，“我已死”。

一般而言，所谓的诅咒，多是糊弄人的东西。但“蓝宝石的诅咒”却似乎有确凿的证据。那些莫名丧命的猫主人全都符合这个条件。而那些保住性命的猫主人，全都是在第十七只小猫出生前就把“蓝宝石”送走的人。

两年前，“蓝宝石”来到仁科家，是另一个繁育者送给仁科的。那个繁育者也曾挑战过繁育蓝毛猫，但终究没能成功。仁科家里有一只健康的雌性波斯猫，名叫“泰贝莎”，银色的猫毛有时候看上去也像淡淡的蓝色。仁科觉得泰贝莎应该可以。

但是，梦想并没能实现。泰贝莎生出来的十五只小猫全都是普通的波斯猫。当然，这不能怪“她”。

仁科伸手想去抚摸“蓝宝石”的背部，但仁科的手指刚碰到“蓝宝石”，蓝色猫毛的国王就突然抬起头，怔怔地盯着仁科，同时发出低沉的“呜”的叫声，似乎在警告：不许随便碰我！仁科知道，这种时候如果强行去摸，一定会被“他”咬。

姑且不说观赏之用，至少这种猫完全不适合养来玩。之前的猫主人也曾说过："这只猫一点儿都不和人亲近。"想去抱"他"的时候，每次都会逃走；完全不像其他猫那样可以抱在膝盖上；就算喂食，"他"也只吃猫盘里的东西，如果伸手让"他"舔，反而会激发他的敌意，发出低沉的叫声。

关于这一点，业界有两种猜测。第一种认为"他"是在对之前的主人尽忠。据说之前那位沉船而亡的实业家就曾和"他"很亲昵，事实上也确实有"他"舒服地坐在猫主人膝盖上的照片。

还有一种说法认为"他"可能有病。相传"蓝宝石"曾得过一场重病，医生曾以为"他"将命不久矣。但最终，"他"战胜了病魔，却因为治疗的缘故改变了性格。

没有人知道哪一个才是真相。仁科只知道一个事实，自从"蓝宝石"来到这里的时候，已经是一只不会亲近人的猫了。

4

仁科常去一家宠物医院，他和院长已经认识二十年。这天，他去医院咨询有关给"蓝宝石"做绝育手术的事。"蓝宝石"被装在笼子里，但"他"从不会乖乖地自己进笼子，今天也是仁科和妻子费了好大劲才把"他"弄进去的。为了防止被抓咬，两个人当时都戴着皮手套。

来到医院，仁科发现医院隔壁已经被改造成宠物美容室。医院与宠物美容室共用一个等候室，在等候室里可以看到美容室内的模样。仁科看到一个宠物美容师模样的年轻女孩正在给一只大型犬修理毛发。

“是吗？果然你也决定放弃了。”在大块头助手的帮助下，好不容易给“蓝宝石”抽完血之后，白发院长感慨地说道，“我本来很期待，想看蓝色的小猫呢。”

“都说是‘奇迹’了，怎么可能那么容易发生？”仁科朝笼子里看了看。

“有没有想过克隆？虽然算不上是‘他’的后代，但从增加个数的结果而言，应该也一样。”

仁科一脸不堪忍受的表情摆了摆手：“据说以前也有人尝试过。花了很多钱，但结果生出来全是白猫。据说即使遗传因子相同，毛色也未必相同。世界上第一只克隆猫也是如此，据说使用的是三色猫的遗传因子，但结果生出来的却是一只双色猫。”

院长告诉仁科，等血检报告出来后再决定正式的手术日期。

仁科离开诊疗室后，在等候室等待叫号，办理结账手续。这时，一个年轻女孩从隔壁的美容室走了出来，看样子应该还没到二十，穿着牛仔裤搭配运动服。

女孩经过仁科面前时不由得停下脚步，目不转睛地看着放在仁科身旁的笼子，惊得瞪圆了眼。

“很少见吧？是蓝猫哦，事先申明，‘他’可没染过色。”

那个女孩似乎完全没听仁科在说什么，而是一脸认真地盯着笼子里看，呼吸明显变得有些急促。女孩轻轻地唤了声：稻荷。

“啊？”

“请问，”女孩面对仁科，“可以让我抱‘他’一下吗？”

“不行哦，你还是别想了，这家伙可麻烦了，一点都不和人亲近，甚至可以说很凶……”

“但我还是想抱一下。请让我抱一下吧！”女孩低头拜托。

“真拿你没办法。我无所谓，但真的可能被咬哦。而且一旦从笼子里放出来，就很难再弄进去了。”

“到时候我会一起帮忙的。拜托了！”

看到这个女孩如此有诚意，仁科不忍心再拒绝。而且，他觉得女孩也算是和动物打交道的，应该不会有大碍。

“就一会儿哦，碰‘他’的时候一定要当心。”

“好的。”女孩说着打开笼门，毫不犹豫地双手伸进笼中。

仁科在一旁看得心惊肉跳，担心“蓝宝石”马上会发狂咬人。

然而，事实并非如此。

被女孩抱在怀里的“蓝宝石”非常温驯，不仅如此，当她抚摸“他”的背部时，“他”居然从喉咙里发出“咕噜咕噜”、表示很舒服的声响。

“难以置信!”仁科念叨着，“虽然你是和动物打交道的专业人士，但真没想到你居然能让这家伙这么听话……”

女孩似乎突然想起什么，抬头问仁科：“您暂时还不走吧?”

“嗯，不着急走。”

“稍等。”女孩说着把“蓝宝石”放在椅子上，“要乖乖的哦。”说完匆匆离开。

这时，仁科再一次吃惊不已。因为“蓝宝石”居然非常听那个女孩的话，在椅子上端端正正地坐着，正目不转睛地牢牢盯着女孩离开的方向。

仁科觉得很纳闷，试着伸手去摸“蓝宝石”。但他的手指刚一碰到“蓝宝石”背上的毛，“蓝宝石”就马上扭过头来，露出一副威吓的表情。

仁科觉得再继续碰下去，一定会被“他”咬，吓得赶紧收回手。

这时，女孩走了回来，手里拿着一个白色的袋子。之前乖乖待在椅子上的“蓝宝石”似乎察觉到了什么，一下子从椅子上站起来，还发出“咕”的声音。这是仁科从未听到过的、“蓝宝石”

撒娇的可爱叫声。

女孩从袋子里拿出一样东西——棉花糖。女孩把棉花糖放到“蓝宝石”的面前。

紧接着，又发生了一件让仁科觉得不可思议的事。“蓝宝石”伸长脖子闻了闻，立刻咬下一口。不仅如此，之后还如此重复地一口接着一口，直到把整块棉花糖吃完。

“这怎么可能！”仁科不由得脱口而出，“‘他’居然爱吃棉花糖？更让我吃惊的是，‘他’居然吃人类用手递给‘他’的食物？小姑娘，你是不是会魔法啊？”

女孩没有回答，只是渐渐地红了眼圈：“果然是稻荷。你是稻荷，对吧？你就是稻荷吧？”女孩说完，感慨得泪流不止，紧紧抱住“蓝宝石”。蓝色的“猫国王”此刻非但没有发怒，还开始一口口地舔着她的脸庞。

5

这家医院与仁科打算让“蓝宝石”做绝育手术的动物医院相比，无论建筑物的规模还是工作人员的数量全都不一样。据说这里本来不是医院，正式的名称里有“研究所”的字样，主要的工作内容是对动物进行治疗，但那只是研究的一个环节。

在研究所的接待室里，仁科与一个人面对面坐着。这个人肤白、唇薄，有一种高傲冷淡的感觉。他的名片上印有“医学博士”的头衔，名叫安斋。

“我看过你的来信了，说实话，我非常震惊。”安斋说，“没想到有人会发现那只猫的真相，果然还是小孩子更有灵性。这其中也许还存在着很难用现代科学解释的理由。”

“其实也不算小孩子，是一个十八岁的女孩，今年刚刚高中毕业。”

仁科说那个女孩在宠物美容室工作，名叫未玖。本来的梦想是成为给人做发型的美发师，但高中时代得知有宠物美容师这种职业之后，就改变了目标。

“我第一次见到她的时候她还是个小孩子。当时，她一个人闯进闲人免进的区域，见到了‘蓝宝石’。而那时正好是‘蓝宝石’术后一个月的时候。”

“术后？……你说的是那场手术？”仁科抬眼看着对方。

安斋点点头：“没错，就是那场手术。”

仁科从包里拿出一张纸。这是一张几年前报纸的复印件，标题写着《猫全脑移植手术已有数起成功案例》。

“那个做宠物美容师的女孩说，当年第一眼看到‘蓝宝石’的时候，就已经有一种似曾相识的感觉，也可能相反，是那种感觉将其引到了那个房间。但她万万没想到看到的是一只不可思议的蓝猫。仅凭她的那番回忆，我其实也是一头雾水，但当她告诉我当年那家医院的名字后，我就有了眉目，因为我记得在哪里听到过那个名字。后来我想起了报纸上的报道。所以就给这个研究项目的负责人安斋先生你写了封信。”

安斋叹了口气：“真是了不起的推理能力。”

“虽然给你写了信，但我没有打算公之于众。我只是想知道真相，然后告诉那个女孩。你就告诉我吧。”

安斋微微一笑，双手抱臂：“我也是打算全盘托出，才答应见面的。你在信中说，你曾一直努力繁育蓝毛小猫，那你应该知道‘蓝宝石’曾经得过重病。”

“我曾听说过，但具体……”

安斋用食指指了指自己的脑袋：“是脑肿瘤，而且越长越多，送到我们这里的时候已经动弹不了。猫主人拜托我无论如何要想办法救‘他’，但当时已经束手无策，除非——”

“你所说的方法莫非就是……”仁科朝报纸复印件看了一眼。

“脑移植。”安斋的语气很平静，“简单来说，就是让‘他’和其他猫换脑。要救‘蓝宝石’，只有这一个办法。但问题是，当时的技术还不够完善，之前在我们这里进行的三起手术都以失败告终。但猫主人说，即使如此也愿意尝试一下。据说他花了重金买来‘蓝宝石’，所以在‘蓝宝石’留下子孙之前不希望‘他’死。接着还有第二个问题，就是从哪里去找可以换脑的猫。因为时间紧迫，所以‘蓝宝石’的主人命令手下去找野猫。然而，偏偏那时候就是找不到大小合适的野猫。刚才忘记说了，进行脑移植需要满足很多条件，大小一致就是其中之一。如果太大，就无法放入接受方的头盖骨，如果太小也不行。正当我们焦急万分的时候，被送来这里的就是那只被车撞后处于濒死状态的猫。”

“就是那个女孩的猫吧？”

“虽然‘他’戴着猫环，但我们不知道‘他’的主人是谁。当时‘他’的内脏已经破裂，肯定没救了，但脑部却奇迹般地完好无损，而且和‘蓝宝石’的匹配度也非常高。于是我们立刻进行了手术。”

“手术的结果非常成功？”

安斋重重地点了两次头：“比预期的效果还要好。术后状态也很稳定。但遗憾的是，没能留下正式的记录。因为如果公开手术信息，就必须得到猫主人的许可。”

安斋说“蓝宝石”术后住了两个月的院之后，就回到了主人的身边。

“原来如此。经你这么一说，很多谜团都可以解开了。也难怪‘蓝宝石’会从某个时期开始，突然性情大变。”

“对猫来说，性格其实很重要。”安斋说，“如果不是‘蓝宝石’，就不会有猫主人愿意要一只换过脑袋、只有身体还是原样的猫。而且我们实施的其他手术都是出于研究目的。”

“是啊。之后脑移植的研究一直有新进展吧？”

“关于猫的研究已经结束，所以我们的任务算是已经完成。”

仁科歪着脑袋，没太明白。

安斋露出一个冷酷的笑脸：“最终目的是实现人类的脑移植。因为猫脑和人脑就形状而言非常接近，最适合作为人脑研究的试验品。”

“人脑移植……”

“一旦成为现实，那么年纪大的人就可以通过年轻人的肉体重获新生，这将不再是天方夜谭。当然，实现这一步还要等很久。”安斋说着瞥了一眼仁科，“‘蓝宝石’现在怎么样了？”

“我把‘他’送给了那个女孩……也就是做宠物美容师的那个女孩了。她应该会善待‘蓝宝石’，毕竟她是那只猫唯一愿意亲近的人。对猫来说也是一种幸福。”

安斋面无表情地说了句：“那就好。”

6

仁科在网上看到那篇报道的时候，已经是他把“蓝宝石”送给未玖的十个月之后。其实是他的妻子先看到，然后再叫他看：“喂，你知道这个吗？”

报道的标题是《传说中的蓝毛小猫连续出生或成最新商机》。

仁科读完报道内容后更是大吃一惊，因为报道说不断有继承了“蓝宝石”血脉的小猫出生，而且据说这些小猫全都和父亲一样，拥有蓝色的猫毛。

“蓝宝石”的主人——那个名叫未玖的女孩接受采访时说：

> 我本来完全没想让“他”有那么多小孩。但有一阵子听说附近有野猫生了蓝色的小猫，所以我确信我们家的猫应该就是那只蓝色小猫的爸爸。然后我每天都去那间神社，把那些小猫全都带回家养，但最后“他”们都找到了主人。没错，因为确实很少见。很多人都求我一定要卖给他们。之后，我试着让“他”和其他雌猫交配，结果也全都生出了蓝色小猫……渐渐地，上门求我给猫交配的猫主人也络绎不绝起来。交配一次多少钱？那可是秘密……不过确实让我变得收入颇丰。但交配是有条件的。似乎如果同为波斯猫，因为遗传因子的关系，是生不出蓝色小猫的。所以蓝猫都是杂种。到现在为止生了多少只小猫？大概已经超过五十只了吧。

读完报道，仁科拍了拍自己的脑门：原来如此！早知道就让“蓝宝石”杂交了。

作为繁育者，受常识所限，一般都不会想到让波斯猫与其他品种的猫交配。但就是因为这种墨守成规，让他们全部错失了幸运。

仁科想起了未玖的那张脸，在羡慕她的同时，也觉得是未玖对稻荷的深情让奇迹真的发生了。一想到这儿，仁科已然释怀，觉得不必后悔。

仁科回想起未玖喂蓝猫吃棉花糖时的情形，不由得“噗嗤”笑了起来。

圣诞谜案

第十年的情人节

1

黑须看了看周围，确认没别人，随后走向门柱。他向来很小心，今天尤为谨慎：他特地事先去二手店买了件自己从来没穿过的款式的大衣；明明太阳已经完全落山，他还特地戴了副眼镜。有了这身装备，就算被人看到，也无法靠目击证词追查到他。

他戴上皮手套，按下门铃。过了一会儿，听到一个女人的声音——“来了。”

“是我。”黑须对着门禁系统说，“圣诞快乐。”

“进来吧。”

黑须听声音感觉弥生正在微笑。他轻轻地打开门，尽量不发出声音，然后迅速进入院内。哪怕是再轻微的声音，他也不想让周围的居民听见。他必须让周围的人都以为这一刻没有人进入这户人家。

他压着脚步声来到玄关处，用备用钥匙打开锁，推开门后进入屋内，然后摘下眼镜放进口袋里，再把门关上，然后上锁。这时，他听到有人下楼来的声音。

黑须扭头看去，穿着深红色连衣裙的弥生正嘴角带着微笑来到玄关处。

“晚上好，来得好早啊。”

“我想尽可能多一点儿时间和你在一起。”黑须看着这个比他矮二十多厘米却比他大十五岁的女人的脸，“不好吗？”

“当然好，我很开心。快进里屋吧。”她一边说一边看着黑须的手，皱了皱眉头，“真少见，你居然戴着手套，今晚有那么冷吗？”

“不是因为冷，是因为我冬天最怕静电。”黑须摘下手套，塞到外套的口袋里。

“你身上这件外套我好像没见过。”

“是朋友送的。不适合我吧？”

“不会啊，你穿什么都很帅。那是什么？”她的视线落在黑须提着的纸袋上。

“暂时保密。”黑须笑着说。

“是吗？那我先不问了。”

黑须跟着弥生来到走廊上，接着是客厅。客厅中央放着一张大桌子，桌子周围摆着沙发。

这时，突然跃入黑须眼帘的是立在飘窗正中央的圣诞树，大约一米高，上面挂着的装饰物正在闪闪发光。

“真漂亮，是以前就有的吗？”黑须一边问一边脱下外套。

“是新买的，专门为了今晚。”

“为了今晚？特地买的？”

“是啊。你再走近仔细看看。”

弥生从背后推着黑须走到圣诞树近前。黑须看到窗玻璃上映照出他的脸，背后还有弥生的脸。从上方射下的淡淡的照明让弥生脸上的皱纹看上去更深了。

黑须不再看窗玻璃，而是转向圣诞树。他发现树枝上挂着一个小小的圣诞老人，心想：这个女人一大把年纪了，居然还有这种少女情怀。但他并没有把这句话说出口。

弥生牵起黑须的手，和自己的手一起叠放在圣诞树旁。

“真的好开心能在圣诞夜单独见面。”

“我也是。”

黑须一边说，一边看着和弥生的手叠在一起的自己的手。他必须记住自己碰过这个位置，因为今夜，无论发生任何事，都不能在这个家里留下自己来过的痕迹。

他抽回自己的手，假装看手表。“派对几点开始？”

“八点。在六本木的酒吧。”

“你打算几点出门？我想比你早十分钟离开这里。”

“差不多快到点儿的时候再出门也可以，我们还有很多时间。”

“那先干一杯吧。”黑须从纸袋里取出一个瓶子，上面绑着红绿相间的丝带，“希望你能喜欢。”

弥生的脸上顿时容光焕发：“是热夫雷·香贝丹！很不错嘛，你似乎终于知道我的喜好了。”

“我应该说‘谢谢你的夸奖，这是我的荣幸’，对吧？”

“你等一下，我去拿开瓶器和红酒杯。”

看着弥生走向一旁厨房的背影，黑须做了个深呼吸。目前为止，一切都很顺利，问题是接下去绝对不可以失败。

弥生从厨房回到客厅，把放着两只酒杯的托盘置于桌上。“会用海马刀吗？”

“当然。”

黑须接过弥生递来的海马刀，一边拔红酒木塞，一边用眼角关注着她的行动。这时的弥生正再次朝圣诞树走去。

“这棵圣诞树和我小时候的那棵特别像。”

“是吗？”

“所以我在店里看到它的瞬间就决定要买下来。”

“原来如此。”

黑须把红酒的木塞拔出来后，朝弥生看去。她还在继续看圣诞树。以防万一，黑须特地看了一下窗玻璃，因为他担心弥生通过玻璃窗的反射看到自己的行动。

“嘿，你知道吗？在圣诞树上装饰十字架是一种禁忌哦。”

“是吗？我不知道。”

黑须确认完毕，觉得窗玻璃没问题。现在是唯一的机会。黑须决定立刻动手。

他把手伸进上衣内袋，拿出一个小塑料袋，将里面装着的白色粉末倒入其中一只红酒杯，然后迅速注入红酒。他曾有过一瞬间的不安，担心杯子里的液体会变成乳白色，但事实上，毒药迅速溶解，酒杯中只有鲜艳的红色液体。

然后他把小塑料袋放回上衣内袋，接着在另一个酒杯里也倒上红酒。

“来吧，我们干一杯。”他朝背对自己的弥生说。

弥生回过头来，莞尔一笑，朝黑须走来。然后在他身边坐下，拿起那杯掺了药的红酒。另一杯早已被黑须拿在手里。

“圣诞快乐！”黑须举起酒杯。

弥生也说“圣诞快乐”，然后与黑须碰杯。两个人几乎同时喝了一口各自杯中的红酒。

“嗯，真好喝。热夫雷·香贝丹不愧是红酒之王。”

“很高兴你能喜欢。”

“看来我也得回礼了。”弥生说着从自己身后拿出一个四方形的盒子，上面绑着粉色的丝带。

“这是给我的？”黑须按住胸口。

“是啊。打开看看吧。”

“会是什么啊？”黑须一边解开丝带，一边窥视着弥生的表情。她似乎完全没有起疑，继续在喝红酒。

盒子里装着一块金色的怀表，还配有同色的链条。

“哇，太贵重了，真的可以收下吗？”

“你喜欢就好。我还担心你会觉得没有什么机会用怀表而不喜欢呢。”

“怎么会不喜欢？我会把它当成宝贝的！谢谢你。”

“表盖上的装饰是纯手工打造的……是专业的工匠一颗一颗……咦，我这是怎么了……”弥生突然开始眩晕，双目失焦，继而觉得身体好像在被人剧烈摇晃，紧接着就像个断了发条的人偶，一下子无力地趴倒在桌上。

“弥生！弥生！”黑须试着摇了摇她的身体，但她完全没有反应。

这毒药好厉害，和之前听说的一样——黑须咽了口唾沫，心想：看样子，弥生暂时还有呼吸，但如果就这样弃之不管，呼吸系统就会麻痹，最终死亡。

黑须站起身，把自己喝过的酒杯拿进厨房，轻轻地洗了洗，然后小心翼翼地放回碗橱。接着，他一边戴手套，一边回到客厅，从口袋里取出手帕，开始擦拭他记得的自己刚才碰过的桌子和沙发等部位。擦完海马刀和酒瓶后，他又用弥生的手去摸了摸这两样东西。

他也没忘记装饰着圣诞树的飘窗。仔细看去，那里清清楚楚地留着自己的指纹。于是他把这里也擦得干干净净。

黑须收好大衣和装红酒的纸袋后，朝那块怀表看了一眼，心想：这东西留在这里肯定会坏事，会让人知道她不是独处。

虽然这并非他特别想要的东西，但他还是把怀表、盒子以及丝带都装进纸袋。

离开屋子前，他再一次环视室内，检查是否有纰漏。

黑须最后又看了一眼圣诞树，不禁想起刚才弥生说过的话。

在圣诞树上装饰十字架是一种禁忌？

这是为什么？黑须一边琢磨一边离开了弥生家。

2

黑须回到剧团排练场的时候刚过晚上七点。他并没有从正门进去，而是翻过后面的围栏进入剧团用地。他看到建筑物的窗口处还亮着，觉得应该是有人留在里面正在对大小道具进行维修。

黑须蜷着身子通过围栏与建筑物的间隙，来到目的地所在的窗口下。窗户并没有被上锁。他打开窗，悄悄进入室内。不到八平方米的这个房间是他平时用来研究剧本和背诵台词的地方。只要在门外挂上“练习中”的牌子，就不会有人来敲门或者找他说话。他是这个剧团的首席名角，连导演都要让他三分。这个潦倒的剧团全靠他的人气才得以维持，所以没人会找他的麻烦。

他脱掉外套，坐在椅子上。之前的那件大衣已经被他装进垃圾袋，在回来的途中扔掉了。但那块怀表没办法扔，一路被他带回了剧团。他觉得必须想个办法处理掉这块怀表。

桌上放着一台笔记本电脑，连着的扩音器正在发出声音。

“终于完成了吗？就是这个！马修，魔王馆杀人事件全记录。你想起来了吗？那些充满知性的兴奋与紧张的日子。但唯一遗憾的是——”听到这里，黑须用鼠标进行操作，删除了这段声音文件。这是他为了制造不在场证明而事先做好的录音。

黑须干咳了几下，张开嘴："但唯一遗憾的是，那是你最后一次遇到一个拥有艺术家自尊的罪犯。"

他高声念完台词后，关上笔记本电脑，站起身，故意走路发出很大的声音来到门口，从里面打开门锁，然后打开门。

旁边就是剧团办公室。剧团的事务员、同时也是黑须的经纪人鹿野久美子，一脸吃惊地看着黑须。

"圣诞派对几点开始？"黑须问。

"六本木，八点开始。我刚才还在想差不多该出门了，但又觉得您似乎还没结束工作……"

"是吗？我练习得太投入，差点忘了派对的事。我们现在快走吧。"黑须穿上外套，伸手去拿挂在办公室衣架上自己的那件大衣。

鹿野久美子同时兼任黑须的司机。黑须坐着她开的奥迪，赶往派对会场。

"我在房间里待了多久？"

"差不多两小时。您进房间的时候是五点。"

"居然那么久……每次工作的时候都觉得时间过得特别快。"

"因为您非常投入，我在隔壁都能听到您的声音呢。"

"我总觉得这次的剧本不太对劲，所以想按照自己的方式进行一些修改。"

“您辛苦了。”

和鹿野久美子结束对话后，黑须窃笑不已。其实他进入房间打开电脑里的音频文件后，就立刻从窗口跑了出去。但她似乎完全没发现。这么看来，自己的不在场证明可以成立。

这时，几十分钟前发生的事情仿佛浮现在眼前。他开始回忆刚才自己做过的事。他告诉自己：没事儿，应该没有任何失误。

枞木弥生是日本屈指可数的女性剧作家，由她担任编剧的电视剧每次都能取得超高的收视率，电影的票房也屡创新高。

黑须曾是一名默默无闻的演员。七年前，他第一次出演由弥生担任编剧的连续剧，虽然不是什么重要角色，但他很高兴自己有机会出演。也正是因为这次出演，他得到了两样重要的东西：首先，是知名度。因为知名度的提升，之后的他确实多了很多工作的机会。作为演员，他觉得自己上升到了一个新的台阶。

其实，他本该就此满足，但黑须又向另一个“果实”伸出了魔爪。

他与枞木弥生发生了关系。

一个演员朋友曾提醒过他：你得小心那个编剧。枞木弥生至今单身，爱打扮，爱帅哥，勉强算是个美女，但其实姿色一般，脾气很臭。因为气氛所致而一不小心和她发生关系的男演员不胜枚举。如果关系能一直持续下去，那倒也好，毕竟她在圈内很有人脉，男方会因此颇为获益。但如果和她闹僵，男方就会很惨，会突然间失去所有的工作机会，一下子就从这个圈子里消失不见。

然而，黑须还是对她出了手。因为他有野心，觉得只要拉拢她站在自己一边，作为演员的自己就会有机会实现更大的飞跃。以前那些男人只是因为和她分手的方式太糟糕，黑须觉得自己一定有办法搞定这个女人。

如今，黑须之前的企图算是实现了一半。现在的他如愿地获得了当红明星的地位，不仅频繁出演连续剧，由他出演的广告也不计其数。

但另一个企图却落了空。他本以为，只要自己对弥生疏远一阵子，她一定会出于自尊心，不会对他多作纠缠。但事实证明，他的这种想法太过天真。随着他的人气不断攀升，弥生对他的偏执与眷恋也日益变强。

“你是不是打算找年轻女人了？”弥生时不时地就会这么问他。

每一次黑须都意味深长地笑着回答：“没那回事。”

“没事的，不用勉强。女人肯定还是年轻的好，但你得做好思想准备，因为离开了我，你就不可能在这个圈子里混下去。鱼和熊掌都想要？告诉你！不会有那么便宜的好事。”

看着她说话时蠕动的那两片涂着血红唇膏的厚嘴唇，黑须意识到自己已经没法回头。

事实上，他并不清楚弥生在圈中到底有多大能耐。也许与她交恶，未必就会尽失工作。但黑须非常害怕她将两人的关系公之于众，那会让他的形象大为受损。他可以预料，如果被外界知道他之所以拥有今天的一切，全都是因为“卖身”给当红编剧，到时候他的形象一定会一落千丈。

此外，黑须的生活里还出现了另一个变化。因为共同出演电影，他和剧中的女演员成了恋人。双方的事务所都还不知道。姑且不说黑须自己，那个女演员本身对外界很没有戒心，所以说不定哪天就会被媒体发现他俩交往的事实。

现如今，大家对艺人的恋爱交往都比较宽容，不至于大惊小怪。黑须害怕的是弥生。

这些日子里，黑须满脑子都在想该怎么办。

3

派对的会场位于大楼的地下酒吧。因为一部连续剧刚刚完成拍摄，所以这次的派对既是杀青宴，又是圣诞夜派对。黑须在这部连续剧中担任男二号。

八点准时到场的黑须问候过制片人和导演，开始与因拍戏而相熟的其他演员谈笑风生起来。

这时，他听到一旁工作人员的谈话。

“枞木老师还没来。”

“是吗？你给她打个电话吧。”

“已经打过了，电话倒是通的，可是没人接。”

“真奇怪。你事先告诉过她今天派对的事吧？”

“当然。我是电话告诉她的，保险起见，还给她发过邮件。”

“没办法，再等等吧。她不到场，没法开始。”

黑须手里拿着饮料，转身离开，他极力忍住嘴角露出的微笑。

那是几个月前的事。弥生曾给他看过一个小瓶子，里面装着白色的粉末。她说这是曼陀罗的毒。

“曼陀罗是一种植物。据说其根部酷似人形，被拔起的时候会发出惊声尖叫，传说听到那种叫声的人会发狂而死。”

黑须说：“怎么可能？”

弥生听罢，淡淡地笑了笑：“所以我说那是个‘传说’，却也并非毫无根据。它的根部内含剧毒，食用后会产生幻觉、幻听，继而死亡。所谓‘曼陀罗的尖叫’，据说其实是因为产生了幻听。而这个白色的粉末就是用其根部制成的毒药。”

弥生说这是她之前去德国旅行时，一个农村的当地人帮她弄来的。

“据说挖耳勺大小的那一点儿量就足以杀死一头牛。真的！我去的那个村子里至今都用这种方式杀牛。我亲眼见过，所以是真的。”

黑须问她为什么要弄这种东西。

弥生咬牙切齿地说：“为了杀死可恨的人。”但马上又摆摆手说，“骗你的，我是开玩笑的。其实也没什么特别的目的，只是觉得很难得，所以想得到它。但自杀的时候也许正好能用，据说可以像睡着一样死去。”

黑须对她说，不要想这种事。

那个瓶子被弥生放在卧室的衣柜里。当黑须琢磨着该如何与弥生一刀两断时，他立刻想到了那瓶毒药。

上周，弥生出去做采访的时候，他趁机溜进她家，从那个瓶子里偷走一些毒药。但问题是，黑须想不出该什么时候、如何让她服下。

就在这时，碰巧弥生主动提出想在圣诞节派对之前两人单独见一面。

“派对结束后，他们肯定会约你换地方继续喝。好好的一个圣诞夜，不能和你一起过一下，我会觉得很遗憾。所以就在派对前，享受一会儿二人世界，怎么样？”

黑须觉得这个主意很不错。外人都不知道他们的关系，谁都不会想到他们会在派对前见面。于是他对弥生回答说：“我赞成！”

一切都很顺利。过了一会儿，见弥生迟迟不来，就会有人去她家找她，然后发现她的尸体。没有遗书，动机不明，这样才够神秘。“圣诞夜·谜之死亡”——她在那个世界里应该也会很满意这种故事情节。

黑须杯里的酒水已经喝完，正当他准备伸手拿第二杯的时候，突然听到有人叫：“啊，您终于来了！”与此同时，会场内的气氛一下子紧张起来。

黑须朝入口看去。就在下一秒，他差点儿大声尖叫。

只见枞木弥生穿着一身红色连衣裙正微笑着走入会场。

4

弥生看上去毫无异样，大家纷纷上前与她打招呼。面对他们，弥生像往常一样，有礼有节的同时又带着适度的傲慢。

其他演员都走过去问候弥生，黑须觉得自己无法视而不见地不去打招呼，但他实在不知道到底该怎么开口问候。

更重要的是：为什么她会完全没事？她不是应该就那么睡着死去吗？

黑须百思不得其解，只能硬着头皮慢慢走向弥生。这时，她刚好和其他演员聊完，正把目光转向黑须。

黑须不由得突然停下脚步。

“哟，这不是黑须先生吗，你好呀。”弥生笑着朝他挥挥手。

黑须勉强挤出笑脸走了过去，刚好这时她身边没别人。

“晚上好。”他向弥生举杯敬酒。

弥生拿着手里的酒杯与他碰杯后，凑近黑须说：“刚才真对不起。”

“啊？”

“我好像在沙发上睡着了，什么都不记得了。”

“啊……哦，是啊。就在我们聊天的时候……对吧？”

“是啊，你应该叫醒我的。”

“我看你睡得很香。”

这时，黑须看到电视台的人正朝他俩走来，弥生似乎也注意到了，于是两人同时拉开彼此的距离。

“哟，编剧大人。这次真是辛苦您了。谢谢您对我们的关照。”一个胖男人向弥生打招呼。黑须趁机慢慢地抽身离开。

黑须心想：难道那瓶白色粉末并不是毒药？或者可能是用量太少，毒性不够？其实它并非弥生所说的剧毒？她没有睡着死去，只是睡了一觉，所以那只是药效比较强的安眠药？

黑须后悔万分，觉得自己徒劳一场。亏他之前费了那么多功夫，紧张了那么久，结果只是让她睡了一觉。不过幸好弥生什么都没发现。以后还有机会，可以另想办法。

没过多久，派对结束。因为已经事先订好下一家店继续庆祝，大部分人都开始出发赶往下一场。但弥生却告辞说自己要回家。

“因为前几天熬夜，有点儿累。你们继续吧，玩得尽兴哦。”

在大家的目送中，弥生坐进一辆黑色出租车，就在车子发动的时候，她透过车窗看了黑须一眼。

四目相交，弥生意味深长地点了点头。

黑须决定坐鹿野久美子的车前往下一家聚会的店。但就在坐上车前，手机响了，是弥生打来的。

他离开车，稍稍走远一些，然后接听电话：“喂。”

“现在方便说话吗？”

“嗯，怎么了？”

“其实我今晚有件事想对你说。抱歉，能不能现在来我家？”

“现在？”

“我刚才就想说的，但不小心睡着了，所以没说成……”

“不能在电话里说吗？”

“嗯，电话里不太方便……对不起，是我太任性了。”

在黑须看来，用这种语气说话的弥生非常少见，因为平时的她总是高高在上地发号施令。

“好吧，我想办法过去。”

“谢谢。你到我家门口的时候，给我打个电话吧。”

“打电话？为什么？”

“这个，我也过会儿再向你解释。拜托了！”

“嗯，知道了。”

挂断电话，黑须走近奥迪车，拉开靠驾驶座的车门说：“我突然有些私事。你先去吧。我办完事再自己过去。”

鹿野久美子一脸疑惑的表情，但她没多问，只说了句“明白了”。黑须觉得她也许已经察觉到自己的所谓“私事”肯定和女人有关，但应该还不知道对方是谁。

黑须戴上了从大衣口袋里取出的眼镜，用围巾遮住嘴部，经验告诉他，这样能降低被人认出他是知名演员黑须的概率。

黑须拦了一辆出租车赶往弥生家。如他所愿，司机并没有发现他是谁。

谨慎起见，他在离弥生家稍远的地方下了车，然后步行走过去。到她家门前的时候如约地给她打了电话。

“喂？”

黑须听到电话里传来弥生的声音。

“我到了，就在你家门口。”

“进院子了吗？”

“嗯。”黑须推开门进入院子，心里有些纳闷。

他看到屋子的窗户里透出亮光，于是朝窗户看去，却不由地吓了一大跳，因为他看到弥生正站在那棵圣诞树的旁边。他拿着手机问：“怎么回事？”

“对不起，虽然你在外面应该有点儿冷，但我们还是就这么说话吧。”

黑须听到电话里传来弥生的声音。

“如果不是隔着窗玻璃，我觉得我说不出口。如果让你进屋，我们俩独处一室，我肯定下不了决心。”

“……到底是什么事？”

黑须听到电话那头深呼吸的声音。

“我们今晚分手吧。”

“啊？”

“我们已经交往了很久吧？七年了……却感觉只是一眨眼的工夫。”

“弥生……”

“其实我一直在考虑我们俩一直这样下去到底好不好。我很苦恼，觉得是自己扼杀了你的可能性。但现在我终于想通了，我们还是各走各的路，各自安好吧。”

黑须调整了一下自己的呼吸，强忍住想要大笑的冲动。没想到事情会有这样的发展，而且正合他意！

“我完全没想过你居然会有这种想法。”他故意语气沉重地说。

“对不起，是我突然提分手，你一定很吃惊吧？”

“吃惊是肯定的，但我觉得，我明白你说的那些话。”

“是吗？”

“我们也许真的在一起太久了。如果一直继续像现在这样，不只是我，其实对你也不好。”

窗户的另一边，弥生寂寞地笑了笑：“太好了，谢谢你懂我。”

“该说谢谢的人是我。多亏有你，无论是作为演员还是作为男人，我都获得了巨大的成长。”

“你能这么说，我觉得很欣慰。”

“长时间以来，真的谢谢你。今后我也会好好地珍藏我和你之间的回忆。”

“谢谢你，我也不会忘记和你在一起的那些日子。保重。”

“你也是。”

看到弥生把电话放下后，黑须也挂断了电话。见她轻轻地挥手，他也予以回应。之后，她离开窗口，消失在房间里。只剩下那棵圣诞树，依旧闪闪发光。

黑须把电话放回口袋，朝门外走去。内心充满了幸福感。他要感谢老天，庆幸曼陀罗的毒药没有奏效。

5

手机铃声将黑须吵醒，他躺在床上伸手去摸电话。之所以头痛，是因为昨晚喝得太多。但这一次，即使宿醉他也乐在其中，因为昨晚，他度过了人生最美妙的圣诞夜。

不仅是因为弥生主动向他提分手，还因为在之后的那场聚会上也发生了一件意外的好事。

有制作人主动找他，问他有没有兴趣担任连续剧的男主角。“剧本是枞木老师写的，她说主角非你不可。我也不知道具体是什么样的角色，但似乎她只认可你来演。怎么样？有兴趣吗？”

这么美的好事，只有傻子才会说不。黑须立刻答应。但一想到和弥生的交往，他觉得有些心痛。

黑须感到她是发自真心地为自己的未来考虑。现在想来，束缚他也好，阻止他和年轻的女孩相恋也好，也许都是为了他的前途着想。一想到这里，黑须开始讨厌自己的愚蠢，居然没发现她的用心良苦，甚至想要她死。他在内心暗暗发誓，再也不会犯这种错误，同时也真心庆幸自己的行凶以未遂告终。

打给他电话的人是鹿野久美子。黑须看了一眼时钟，快到下午两点。他是早上八点多才睡下的，所以仍很困。

“喂？没急事的话，能不能过会儿再打来？”黑须的声音有些嘶哑，他觉得口很渴。

“呃……那个……我是鹿野，呃……出大事了。”

“什么事啊？”

黑须拿着电话爬下床，打算去冰箱里拿瓶常备在里面的瓶装水。

然而，听完鹿野久美子说的话，他吃惊得趴在地上不能动弹。

“你说什么？你再说一遍！”

“我说的是——”鹿野久美子特地吞了口唾沫接着说，“她死了！枞木老师死了！就在刚才，有人在她家里发现了她的尸体。”

6

弥生死后第三天，两名刑警来找黑须。

各大媒体已经都对弥生的死做了详尽的报道，黑须也因此了解到大概的情况。

据说发现尸体的是定期去弥生家的保姆。那天上午，她像平常一样来到弥生家，却发现了倒在客厅地板上的弥生的尸体。

黑须虽然没见过那个保姆，但他听弥生说起过自己家里雇了个保姆，主要为她打扫房间，清洗衣物，做一顿饭，既可以当早饭也可以当午饭。弥生晚上没有应酬的时候，也会让保姆给自己做晚饭。

最大的问题是死因。根据报道，弥生是中毒而死，而且最有可能导致她死亡的是混入红酒中的剧毒。

黑须心想，这简直就和“当时”的情况一模一样。但致死的毒药类型不同，据说导致弥生死亡的是氰化物之类的毒药。

正当黑须纳闷的时候，刑警找上了门。

年纪较长的刑警姓三田，因为白发很多，看起来很老，但也可能实际岁数并非如此。年纪较轻的刑警虽然也自报过家门，但黑须没记住。

刑警问黑须的第一个问题是：“关于这起案件，你怎么看？”

黑须两手一摊，耸耸肩说：“说实话，我现在完全是一头雾水。两位应该已经知道，那天晚上有一场圣诞夜派对，当时在派对上见到她的时候还特别精神。实在想不通她为什么要自杀……”

三田听到这里，动了动斑白的眉毛："目前还不能断定她是自杀。"

这句话让黑须心里咯噔了一下，因为他一直以为她是自杀："不是自杀是什么？难道是他杀？……"

三田微微一笑："不愧是知名演员，表情和动作看上去都像是自然反应，让人不觉得是表演。"

黑须生气地瞪着三田："你是什么意思？"

三田一脸严肃地打开记事簿："你刚才说的那个圣诞夜派对，之后又换了地方举行了第二场聚会，你在去第二场之前去了哪里？你的经纪人说，当时你说有私事，大约有一个小时是单独行动的。"

黑须吓了一跳，没想到警方已经对他的行踪进行过调查。

"等一下！我去了哪里与她的死有关系吗？"

"如果无关，你应该可以回答我的问题吧？你当时在哪里？做了什么？"

"……那是我的私事，我不想回答。"

三田紧紧地盯着黑须："那我们换个问题：你最近有没有去过枫木女士的家？"

黑须表情僵硬地摇了摇头。

三田见状，眨了好几次眼，然后目不转睛地上下打量着黑须。

“你是什么意思？干吗这么看着我？”声音里明显带着怒气。

“没什么意思，只是觉得你说的和大家说的太不一样。”

“哪里不一样？大家说了什么？”

“没别的，只是关于你和枞木女士的关系，你们两位正在交往吧。”

三田说得轻描淡写，却让黑须一下子不安起来。

“你……你说什么？是谁在造谣……”

“是造谣吗？但是很多人都这么说哦。你的经纪人还告诉我们，这几乎已经是半公开的秘密。”

黑须彻底无语，脑海里浮现出鹿野久美子戴着眼镜的那张脸。没想到她居然一直一副假装不知道的模样，但其实早已发现他与枞木弥生的关系。

“你也不用太吃惊，很多时候只有本人以为能瞒天过海，不过枞木女士似乎乐在其中。”

刑警的这句话让黑须更是吃惊不已，他没想到弥生早就知道周围的人已经发现了他们的关系。

“现在你能说实话了吗？你是什么时候去了枞木女士的家？你如果还想继续狡辩说你们没在交往，那我们也会奉陪到底。我建议你最好不要小看我们警察。要查明两人是不是男女关系，其实很容易。”

黑须叹了口气说：“我们确实交往过，但并不算深交，而且已经分手了。”

“分手了？什么时候？”

“差不多……一个月前吧。”黑须随便说了个时间。

“一个月前？那可就奇怪了。”

“什么奇怪了？”

三田对一旁的年轻刑警使了个眼色。年轻的刑警递给三田一张照片。

一看照片，黑须不由得大吃一惊。是那块怀表！

“你记得这块表吧？”三田说，“我们在剧团的房间里找到的，在你的专用房间里。枞木女士于圣诞夜的前一天购买了同一块怀表，她的钱包里有信用卡的签单。这块怀表是枞木女士给送你的礼物。没错吧？”

黑须找不到借口，只能选择沉默。

“你是什么时候收到这份礼物的？”

黑须绞尽脑汁回答说：“……圣诞夜派对的时候。”

“派对？你说是在圣诞夜派对的时候？”

“是的。只有我们两人的时候，她给我的。但不是作为送给恋人的礼物，她当时说是‘为了给演员黑须加油打气’。”

“演员黑须？”三田歪了歪脑袋。

“真的，请相信我。”

“你难道不是在枞木女士的家里收到这块表的吗？”

“不是，我没去过她家。”

“是吗？当真没去过？”

三田把照片还给一旁的年轻刑警，然后用手指挠了挠脸颊，接着上前一步凑近黑须说：“事到如今，我就跟你挑明了吧，我们认为枞木女士很有可能死于他杀。不对，不该说‘很有可能’，应该说我们断定，就是他杀。”

“有什么根据？”

“有很多。首先，”三田举起一只手，弯下拇指，“将其致死的毒药——氰化物，不仅酒杯里有，一旁的红酒瓶里也有。如果是自杀，不会在酒瓶里也下毒，只要投毒入酒杯即可。第二，碗橱里的另一只酒杯上有残留的水滴，很有可能是当时有人和她在一起，用过那个酒杯后，洗了洗再放回碗橱。”

黑须心想：这怎么可能？他完全想不出为什么酒瓶里会有毒药。那只酒杯，他倒是记得，但当时放回碗橱前，他明明已经将其擦干，不可能还有水滴残留。

“第三，”三田继续说，“房间里随处可见刻意擦去指纹的痕迹，比如门把手。”

门把手——

黑须觉得这实在太奇怪，如果是自杀，上面至少应该有弥生的指纹。

“第四，她没有自杀的动机。枫木第二天已经定好要去参加一个聚会，她应该很期待出席。你怎么看？还有很多其他疑点。所以我们有理由相信这是一起伪装成自杀的他杀事件。你觉得呢？”

黑须撇撇嘴：“你说的我都听懂了，但就凭这些认为我是凶手，会不会太牵强？”

“那就请你说实话。派对之后，你去了哪里？事实上，我们还找到一辆出租车，司机说当天晚上曾载客从派对会场到达枫木女士家附近。根据那位司机的证词，我们发现他所描述的乘客特征与你非常接近，虽然当时你戴着眼镜和围巾，但你可别小瞧出租车司机，他只是假装不看你，其实观察得可仔细呢。”

听完刑警的话，黑须觉得背脊发凉。

“我、我……没去。”

“那你去了哪里？”

“练习场。”

“练习场？剧团的？”

“是的。因为临时想起这次的剧本有点儿问题……我是一想到什么就必须马上去做的性格，所以那天晚上也……”

“为什么没告诉你的经纪人？”

“因为……当时就是不想告诉。如果我说要去剧团，她肯定会跟着一起去。但我觉得那样的话，她太可怜了。”

“原来如此。”三田点了好几次头，但脸上的表情却在说他完全不信，“也就是说，你从来都没去过枞木女士家？”

“没有。我已经说过很多次了。”

三田听罢，挺了挺腰板，俯视般地看着黑须：“刚才我说过指纹的事吧？其实凶手犯了一个致命的错误——有一个地方他忘记擦了。”

“啊？”

三田又对身旁的年轻警察使了个眼色。年轻的警察拿出两张照片放在桌上，其中一张是那棵圣诞树。

“你对这棵圣诞树有印象吗？”

“没有。”

“没有？那就奇怪了。”三田拿起另一张照片，“你再看看这张。摆放圣诞树的飘窗窗台上，就在圣诞树的底座旁边，有一个白色的指纹，看到了吗？”

看着那张照片，黑须差点儿叫出声来。窗台上确实清清楚楚地留着一个指纹。

怎么可能！黑须记得那个地方正是他俩一起看圣诞树时他和弥生的手叠放在一起的地方，但他那天明明已经把那个指纹擦掉了。

“黑须先生，请让我们采集一下你的指纹。”三田严肃地说，“然后我们会将其与照片上的那个指纹进行比对。如果你真的没去过她家，那么结果肯定会显示不一致。所以你应该没理由拒绝吧？”

看到三田刑警犀利的目光，黑须相信其实警方已经比对过指纹了。剧团里有很多他的东西，警方要采集他的指纹，一点儿都不难。而且他觉得正是因为指纹的比对结果显示一致，所以警察现在才会出现在他面前。

但这究竟是为什么？为什么自己的指纹会留在那里？

黑须朝桌上的照片看去，看到那棵圣诞树的瞬间，突然觉得有些不对劲。

照片里的圣诞树放在飘窗正中间。但他记得那天晚上，他在院子里与弥生通电话的时候，圣诞树并不在正中间的位置。而是稍稍偏左——从室内而言是稍稍偏右。

黑须大吃一惊，脑海里浮现出一个不可思议的念头。

那晚他朝红酒里下曼陀罗毒的时候，弥生背对着他。难道那个时候弥生故意移动了圣诞树而把他的指纹藏在了树的底座下，然后在一旁留下她自己的指纹，好让黑须误以为那是他的指纹？

但这个假设的成立需要一个重大前提——弥生知道黑须想杀她。

黑须心想：这怎么可能？但如果事实如此，那么一切谜团就能迎刃而解。

所谓的曼陀罗之毒，也许正是一种用来监视的道具。发现自己外出期间，那个瓶子里的白色粉末有所减少之后，弥生就已经意识到黑须的杀意。最后，她做了一个选择，不是被黑须杀死，而是自己了断，然后把杀人的罪名嫁祸到黑须身上。因为这样能给黑须造成更大的精神痛苦，这是她用生命在复仇。

“怎么了？你的脸色很不好哦。”三田说。

黑须舔了舔嘴唇，开口说：“对不起，我刚才说谎了。我和她并没有分手。几天前还去过她家里……指纹应该是那个时候留下的。”

“几天前？具体是什么时候？”

“圣诞夜，也就是两天前。”

三田不满地皱起眉头：“黑须先生，如果你打算坦白，最好全都说清楚。两天前的圣诞夜？那是不可能的哦。你知道枞木女士家请了保姆吧？就是发现尸体的人。那个保姆圣诞夜也去过枞木女士的家，还为她打扫过客厅。保姆说她当时把所有地方都擦得干干净净。所以你的指纹留在那里的时间，只可能是在保姆走后。”

刑警的招数可谓滴水不漏，一步一步将黑须逼至窘境。

“明白了。我全都说实话：我是派对前去她家的。”

“派对前？你确定不是派对后？”

“我是傍晚去她家的，因为她说想在派对前和我过二人世界。”

三田摆摆手说：“你快别编这种没人信的故事了，很多人可以证明你当天早上就去了剧团练习场。你的经纪人也证明，傍晚过后，还听到你在房间里背诵台词的声音。”

“那是——”“录音”两个字已经到了嘴边，却还是被黑须硬生生地吞了回去。因为一旦刑警追问为什么要为自己制造不在场证明时，他将无言以对。

“我刚才撒谎了，我是派对后去她家的。”

三田笑了笑说：“看来你终于肯说真话了。”

“但我没杀她，我们只是在房间里喝酒。她是在那之后死的，我和她的死完全无关。”

“原来如此，你还有这一招。”三田脸上的笑容彻底消失了，“顺便问一下，你们喝了什么酒？”

“当然是红酒。”

“是吗？那为什么你没事呢？”

“什么叫我没事？”

“我刚才不是说了吗？酒瓶里也有毒。如果你们是一起喝的酒，为什么你到现在都还没去另一个世界呢？”

“啊……”黑须半张着嘴，吐了口气，就在这一瞬间，他觉得一切辩解都是徒劳。

“怎么样？你还打算继续找借口吗？”三田冷冷地说。

黑须摇摇头，觉得自己还是不要继续负隅顽抗了，只能坦白自己的杀人计划。虽然也会因此被问罪，但肯定比杀人罪要轻。

“您愿意听我说吗？这个故事会非常长。”黑须字正腔圆地说道。

“没事儿，干我们这行的早就习惯听长故事了。我们换个地方吧。”三田站起身。

黑须再一次朝桌上的照片看了一眼。他看着那棵圣诞树，想起那晚弥生说过的话。

“十字架是一种禁忌吗？”

“啊？”三田瞪大了眼。

“我听说在圣诞树上装饰十字架是一种禁忌，您知道这是为什么吗？”

三田歪了一下脖子说不知道。他对此毫无兴趣。

这时，一旁的年轻刑警开口说："我听到过一种说法——因为圣诞节的目的是为了庆祝耶稣诞生，而十字架却会让人联想到耶稣之死，所以两者不相称。"

"联想到死亡？"

"我只是听说而已。"

"哦，是吗？谢谢。"

其实弥生当时真正想说的是——死在圣诞节，是一种禁忌。黑须觉得她说的完全没错。

水晶念珠

第十年的情人节

1

电话震动的时候，直树正在打工的铁板烧餐厅表演华丽的烧烤秀。虽然已经感觉到口袋里的手机正在震动，但他依然继续双手挥动厨具。不仅要帅气地切肉，还要让火苗高蹿，取悦顾客。今晚的客人中还有小朋友，所以他比平时更卖力地表演。手机震了一会儿就停了。

客人们围坐在直树所掌铁板台的三面，其中有三名日本人。从他们聊天的内容可以发现他们并非游客，而是在波士顿工作的白领及其家人。他们的孩子是个十几岁的男孩。

“没想到在离家这么近的地方能吃到铁板烧。”看上去像是父亲模样的人开口说，“而且价格还很公道，真是太好了。”

“是啊，我一开始还以为必须去纽约才能吃到呢。”和男人对话的人看上去像他的妻子。

“欢迎你们常来。除了铁板烧，这里还有其他各种日式料理。”直树说着把烤好的肉送到他们各自的盘子里。

“我们会常来的。真的好开心这里还有乌冬面和盖饭。”说完，妻子模样的女人抬头看着直树，“其实我刚才就想说，我觉得好像在哪儿见过你。”

“是吗？可能是因为我长了一张大众脸。”

“不是的。你那么帅，做厨师可惜了呢。对吧？”

“嗯，是个帅哥。”丈夫都没好好正眼看直树就随声附和了一句，然后开始动筷吃肉。他只是敷衍一下，其实对这个话题毫无兴趣。

“谢谢您的夸奖。请慢用。”直树欠身致意，然后暂时回了厨房。

他取出手机，查阅未接来电，惊讶地发现刚才那通电话是他姐姐贵美子从日本打来的。虽然他早就告诉过姐姐他在这里的电话号码，但姐姐几乎从没打来过。而这一次姐姐不仅打来电话，还发了邮件，让他看到后尽快联系。

直树觉得回邮件太麻烦，于是直接打电话。

“喂，是直树吗？”电话很快就接通了，直树听到电话里的贵美子的声音，清楚得让人很难想象这是国际长途。

“是我。有事吗？不知道你那里现在是几点，但我现在正在工作呢。”

“哦，那我直接说正题吧。你下周十四号能回来一趟吗？日本时间十四号的话，你那里应该是十三号。”

“太突然了吧？那天有什么重要的事吗？”

“你忘了？十四号是爸爸的生日，我想给他办个小小的庆生会。”

“啊？搞什么！为这种事特地打长途到美国？我忙着呢。”

“希望你无论如何都回来一趟。”

直树感到姐姐的语气有点儿奇怪，但还是说：“肯定不行，我怎么可能为了这种理由特地飞回去？”

“但这是最后一次了。”

“什么最后一次？”

“最后一次见爸爸的机会。”

直树惊得一时间说不出话来，调整一下呼吸后才继续问：“怎么回事？”

“他得了癌症，是晚期，已经转移到肝脏、胰脏，还有……”

直树觉得自己心跳加速。他完全没想过会有这种事：“为什么之前一直没告诉我？”

“是我和妈妈商量后的结果，不到万不得已，不告诉你。毕竟你现在也是关键时期，我们不想让你分心。”

直树再次吃惊得说不出话来，因为他这才发现，原来家人一直都在为自己着想。

“确定是……癌症吗？一点儿办法都没了吗？”

“医生说能做的已经都做了，让我们做好心理准备。爸爸本人看上去好像挺精神的，但其实应该浑身都在疼。”

直树紧紧握着手机。那么精神的爸爸居然快死了？上一次见他的时候，还觉得他老当益壮呢。直树不敢相信这是真的。

“喂？”贵美子说，“你能回来一趟吗？我想让爸爸最后再看你一眼。”

直树做了个深呼吸：“我觉得他一定不想见我。”

“为什么？”

“还用说吗？是他提出要和我断绝关系，把我赶出家门的，我们已经七年没见了。事到如今，老爷子肯定觉得我这种不肖子还是眼不见为净。”

“没那回事！”贵美子脱口而出，“天底下哪里会有父亲临死前不想再见儿子一面的？虽然之前发生过很多事，但我知道，他虽然嘴上不说，但心里一定很想见你。爸爸也知道自己剩下的时间不多了。就当是我求你，回来一趟吧！”

姐姐说的每一句话都在直树的内心深处回响不已，他感到有一股强大的无形力量正在对抗着自己此刻意气用事的倔强。

“我下周要参加一场海选。”直树压低声音说，“对我来说是一个非常难得的机会，我不想错过。”

“你要去参加海选？……这样啊，没办法调整一下吗？”

直树在脑子里算了算：“庆生会是日本时间十四日？那我参加完庆生会，坐第二天一早的飞机赶回来，应该能赶上参加海选。”

“那样……太辛苦了吧。”贵美子语气低落，开始不想再逼弟弟回来了。

“你让我再想想吧。想好了我就回去，但也可能不回去。”

“知道了。”

“我还在上班，先挂了。”直树说完挂断电话。

他回烧烤台之前先去了趟洗手间，对着镜子整理一下自己的着装。看着镜子里的自己，他想起了父亲真一郎。别人常说他长得像他爸爸一样风度翩翩，但他从很久以前开始就一直不爱听这种话。

度会家是当地的豪门，代代都是当地财政界的中流砥柱。真一郎同时掌管着好几家企业。

直树从当地的国立大学毕业后，曾就职于当地一家由真一郎担任董事长的电子零部件制造公司。当然，他完全没得到任何特殊待遇，而是像其他普通员工一样被上级安排工作，被比较工作能力，被点评工作业绩。

直树在那家公司做了一年就辞了职，却并非因为对这种待遇感到不满，也不是讨厌上级安排给他做的工作。理由只有一个——他有自己想做的事。

他喜欢演戏。从高中起就开始对演戏、特别是电影非常感兴趣。进入大学后，他加入电影社团，和同学们一起拍摄小短片，每次都由直树担任主角，没人对此有异议。他的梦想是出演好莱坞的电影。

在公司就职后，他一直非常苦恼——该不该放弃成为演员的梦想？如果就这样一直做公司职员，自己的人生能否称得上无怨无悔？

纠结许久之后，他没和任何人商量就独自做出了决定。他决定想做就做，走自己想走的路。他下定决心，无论发生什么事，都要勇于为自己的选择承担后果，因为没有挑战就不会有幸福。这是他自己的人生，别人无权阻挠。

结果他受到了众人的严厉劝阻，而其中最生气的当然就是真一郎。

“才上了一年班就丢下工作的人，无论做什么事都只会是徒劳。你想做演员？出演好莱坞电影？真可笑。你最好的结局就是做个没有角色名字、没有台词的龙套。我可不是为了让你去跑龙套而让你从小就学英语的。别再说傻话了，赶紧给我回公司，就当你没交过辞职信。这件事我会搞定。”

“我并没有随随便便地丢下工作。交给我的工作我全都已经好好地完成了。但我有自己想做的事，所以没办法继续在公司上班。”

“幼稚！每个人都会对现在的工作或地位感到不满，但大家都在好好地工作，在工作的过程中发现人生的价值。”

“没有梦想的人生哪还有什么价值？”

“你这种想法太天真。你不想想，一直以来，你是靠谁才衣食无忧、生活富裕？现在应该是你贡献力量的时候。”

“我想以别的形式作出贡献。”

“少说胡话！我没空陪你做白日梦。”

“我没叫你陪。”

“你的意思是叫我这个度会家的一家之主不要管独生子的痴人说梦？”

父子俩说再多也都像平行线一样，谈不到一块儿去。不耐烦的真一郎最后使出绝招。

“既然你都说到这分上了，那我就真的不管了，你想干什么就干什么。但从今以后，我不再是你爸爸，你也不再是我儿子。当然，我也不会给你一毛钱。就算你饿死街头，我也不会去为你收尸！”

七年前，直树说完“好！我这就去做我想做的”后就离开了家。之后很快来到美国，一边打工一边学习表演。对想要在美国成功的人而言，会说英语是最基本的条件。直树因为从小就学英语，所以语言方面基本上没遇到问题。

然而，现实比他想象的还要残酷。

因为在日本没什么工作经验，他费了好大劲才找到一份工作，而戏剧的世界里更是充满艰辛。在这里，对于日本演员的需求本来就很少。就算偶尔有需求，他也必须与众多韩国或中国演员竞争。因为就算角色设定是日本人，但在美国人眼里，亚洲人长得都一样。

但他还是成功地出演了几部独立制片人的作品和电视广告，于是渐渐地开始有大制作公司主动找他。当然，让他演的全是些没有台词的小角色。刚才那位女客人说好像在哪里见过他，估计就是在哪部作品里看到过的。

但这一次的海选很不一样。因为在这部已经确定将在全球上映的大制作电影中，关键人物是一个日本人。扮演这个关键人物的演员将由海选决定，默默无名的演员也可以自由参加，让人不禁感慨这儿真是个充满机会的国度。直树很早就提交了报名表，也通过了材料审核。其实能走到这一步，已属不易。

直树的梦想开始膨胀——如果能从海选中脱颖而出，他就能参演这部大制作电影。他希望这部电影在日本热映的时候，那些曾嘲笑过他的人会目瞪口呆。而他最想看到的，就是当他功成名就、衣锦还乡时，那位老爷子的表情。

然而——

按照姐姐刚才说的情形来看，父亲也许撑不到他在海选中取得成功的那一刻。

2

坐在从成田机场开往市中心的列车上眺望窗外，直树感慨万分。自己居然真的回来了。离开日本不过七年时间，对眼前的风景也没有太多的亲切感，但他还是隐隐感到有一股遥远的记忆正在刺激着他的神经。

见到大家的时候，该开口说什么？如果他们问起自己的近况，该怎么回答？直树觉得自己最好还是说实话。他觉得为了虚荣而说谎会很累。直接告诉他们自己吃了很多苦，还不是太顺利，但是在持续努力，这样说反而可以心安理得。直树在心中下定决心——就这么办，不用假装自己过得很好。

从机场到达东京站后，他朝新干线的站台走去。到家还得再坐两个小时的车。

正当他走近售票机想买票时，口袋里的手机震了。直树以为又是贵美子打来的。

“是直树吗？”电话里的对方问。声音压得很低，有些沙哑。

“是我。”

“是我。听得出来吗？”

“啊……爸？”

“对，你现在在哪里？”

“哪里？……你干吗要问我在哪里？”

“问你什么就回答什么。现在在哪儿？已经回日本了吧？”似乎真一郎知道直树回日本的事。

“东京站。马上要去坐新干线。”

“是吗？你终于还是发现了吧？”

“发现？什么事？”

“发现自己之前的所谓梦想有多愚蠢。不过没事了，你还年轻，容易走弯路，很多人也都和你一样，误以为自己是钻石，总会闪光。我以前也曾——”

“等一等。”直树打断真一郎，“你在说什么？什么是愚蠢的梦想？”

“就是你以前吹嘘的所谓梦想，出演好莱坞电影什么的。”

一听到“吹嘘”这个词，直树一下子来了气：“我还在继续追求我的梦想，并没有打算放弃。”

“你不是已经放弃了吗？所以才没办法，只能厚着脸皮回来吗？难道不是这样吗？”

“我根本没理由放弃。事先声明，我并不是因为受挫才回国的，是姐姐求我回来给你过生日，我才不情愿地坐上飞机的。我本来打算在你的庆生会上露个脸，然后马上飞回波士顿。因为我要去参加一场重要的海选。”

直树听到电话里传来不屑的咂舌声。

“省省吧。像你这种人怎么可能被选上？还是踏踏实实地留在日本找份工作吧！我会帮你都安排好。”

“不用你操心。试都没试，怎么知道不会被选上？”

“我就是知道。凡是取得成功的人，都是事先做好万全准备的人。胜利女神绝不可能眷顾你这种大战当前还有心思吊儿郎当地飞回国的人。”

“你居然对不远万里辛苦地赶回来想为你庆祝生日的人说这种话？”

“我又没有求你为我庆生。我都这把岁数了，庆不庆生都一样。不过既然你已经回来了，我们就见个面，好好地聊一聊你的将来吧。”

“没必要！”直树拿着手机，直接扭头离开售票口，“我回来不是听你说这些的。我这就直接回美国，回去准备参加海选。”

“别傻了！你回美国肯定是徒劳一场。”

“回家见你才是徒劳。”说完这一句，直树直接挂断电话，大步走向开往机场方向的列车车站。他一开始还担心父亲会不会再打来，但还好父亲再无来电。当然，直树自己也完全不想打过去。

直树满怀复杂的心情，坐上了开往机场的列车。之前刚刚看过的风景再一次进入他的眼帘。直树一边看风景一边给贵美子打了个电话。

电话很快就通了。

“直树吗？你平安到日本了吧？现在在哪里？”姐姐什么都不知道，语气听起来很高兴。

“我刚才到了东京站，但现在正在返回成田机场的车上。”

“啊？怎么回事？出什么事了？”贵美子的声音听起来困惑不已。

“什么事？你去问问那老爷子就会知道。总之，我不回去了。”

“爸爸？到底是怎么回事？”

“不是跟你说了嘛，你自己去问那老爷子。”

直树最后说了句让姐姐替他向其他人问好之后，没等贵美子再开口就挂断了电话。他一边把手机放回口袋，一边想着从今以后应该再也见不到父亲了。一方面，他觉得很遗憾，因为直到最后父亲都没能理解自己的梦想；但另一方面，他也有些冷漠地感到自己与父亲真的合不来，只能说这辈子无缘再做父子。

3

三周后，直树又一次回到日本。和上次一样，他先从成田机场来到东京站，再换乘新干线。这一次，真一郎没再打电话给他，因为他已经离开人世。

两天前，贵美子联系直树说父亲已经去世，希望他能回日本参加守夜和葬礼。在此之前，贵美子也曾联系过直树，告诉他父亲突然病情恶化，已经处于病危状态，所以直树已经做好了随时回国的准备。

直树回到家时，母亲聪代和姐姐贵美子正在忙着准备守夜。终于见到好久不见的直树，她们都有满肚子的问题要问他。

“之前贵美子说你会在你爸生日的时候回来，我本来还盼着在庆生会上能见到你呢。”聪代的语气里带着一丝埋怨。

“那件事我已经在电话里对姐姐说明了。”直树看着姐姐。

“关于那件事，我其实到最后都没搞懂。我按照直树说的去问过爸爸，但他什么都不肯说，只说了句‘随他去吧’。到底是怎么回事？”

“当时我已经到了东京站，正准备坐新干线回家的时候，老爷子打电话给我。”

直树把三周前和真一郎通电话的经过说了一遍。

“真奇怪，爸爸怎么会知道直树回来？”贵美子和聪代面面相觑，歪着脑袋想不明白。

“不是姐姐告诉他的吗？”

“我没说。连庆生会的事都是瞒着他，想给他个惊喜。”

直树听贵美子说，庆生会是在真一郎住院的特别病房里举行的。当时不只有亲戚，父亲的老朋友和熟人也都来了。庆生会办得非常热闹。

“你给我打电话的时候，我正在准备庆生会。爸爸应该什么都不知道。”

“肯定有人事先告诉了他。”

“我觉得不太可能。只有我和妈妈知道你会回来。”

“我可没说哦。”聪代说。

“还有一个问题，爸爸怎么知道你的手机号码？”贵美子皱着眉头。

“我一直以为手机号也是你告诉他的呢！”直树在美国的手机号只告诉过姐姐。

“我可没说，爸爸也没问过。”

“到底是怎么回事？”

“就是因为不知道，所以才觉得奇怪。”

这件事确实非常不可思议。真一郎到底用了什么“魔法”？

其实还有一件事让大家百思不得其解——真一郎为什么会在那个时候给直树打电话？如果没有那通电话，直树已经回家了。如果他真想当面教训儿子，本可以等他回到家再说。

“对了，直树，你参加海选的结果怎么样？”贵美子问。

然而，这是直树最不想听到的问题。他耸耸肩说：“没戏。”

姐姐一脸明显失望的表情：“哦。”

“不过我进入了最后一轮。”

这其实是谎话。事实上，在那之前他就被淘汰了。他并不知道理由是什么。评委们不会一一说明淘汰的理由，他们只负责挑选影片需要的人选。直树不是他们所需要的人，仅此而已。一开始，那部电影的制片人说这个角色的设定是日本人，所以作为日本人的直树应该很有希望。但事实上，留到最后一轮的是韩国人和中国人。

这让直树很受打击，好久都缓不过劲儿来。其实他到现在都还没有重新振作。他变得什么都不想做，每天浑浑噩噩地混日子，甚至开始萌生放弃做演员的念头。就在那个时候，他接到了真一郎的讣告。

4

父亲生前是当地的名人，因此守夜会也办得非常隆重，丧宴就像个小派对。作为遗孀的聪代最为辛苦，得不断向到场的社会名流和公司相关人士致谢寒暄。直树虽然是长子，但因为常年离家，所以这份重担没落到他的肩上。对此，他心存歉意。

等外人都离开后，亲戚们围坐到直树等人身边。对这个七年来没回过一次家的长子，亲戚们都温柔以待。大家都知道直树在美国学表演，也知道真一郎直到最后都没对此予以认可。被问到近况时，直树坦言还和之前一样，在底层打基础，等机会。

“直树，没事的。你是度会家的长子，一定会成功的。”真一郎的表兄，一个相当于直树伯父的男人如此断言。

“是啊，毕竟你的身体里流着度会家的血。”伯母也如是说。

直树苦笑道：“如果仅凭血脉就能成功，那还用吃什么苦？”

这时，刚才发言的那个男人一脸严肃地摇摇头说：“你可不能小瞧度会家的血脉，真正的较量刚刚开始。在度会家，当上一代的一家之主死去，下一代的继承人就将发挥才能。直树，你也听说过水晶念珠的事吧？”

“啊……那个啊。”

“真一郎‘走’了，现如今轮到你继承念珠。希望你不辜负祖祖辈辈的一家之主们的心愿，创造属于你的辉煌。我并不是说要你去干多大的事业，创造多雄厚的财富。你只要坚持不懈，有度会家长子的样子就行，日后自会有结果。这就是那串念珠的力量。”

对这番激情澎湃的发言，直树只是默默地歪了歪脑袋。

水晶念珠是度会家的祖传之宝。一家之主死后，会交给继承人。这串念珠具有不可思议的神秘力量，可以为度会家带来财富，化解危机。但只有继承人知道该如何让其发力。

“直树，你在怀疑念珠的力量，对不对？”伯母抬眼瞪着直树。

直树挠挠头说：“说实话，是的。我觉得念珠只是一种象征，能让长子产生一种使命感。仅此而已。”

话音刚落，所有亲戚全都摇头纷纷说“不”。

“你还什么都不懂啊。”

“你怎么能这么看那串念珠！”

“那串念珠可没你想的那么简单！”

对直树的那番理解感到吃惊的众人纷纷开始说教。

“大家先静一静。”亲戚中辈分最高的真一郎的表兄再次开口，“其实也难怪直树会那么想，每一代都是这么过来的。继承那串念珠的人，很快就会有所改变，变得充满力量，勇于挑战。真一郎就是如此。这么说也许对死者有些不敬，但他年轻的时候就是个胆小鬼。然而，当他继承念珠之后，就像脱胎换骨似的，变得充满激情，无所畏惧，而且争强好胜。在商场上，他屡屡挑战别人可能一辈子最多尝试一次的大项目，而且每次都能马到成功。一旦做出决定，无论周围的人说什么，他都不会理睬。”

“我们的父亲也是如此，”伯母说，“也就是直树的爷爷。听说他虽然性格很稳重，但也非常好强，在百年一遇的股市波动中孤注一掷，一举打拼出度会家庞大的家业。听说我们的爷爷也是如此。继承水晶念珠的度会家长子在关键时刻绝不会失败。这真的不是偶然。”

直树心想：这怎么可能？但表面上没有予以否定，因为他觉得对那些迷信念珠力量的长辈说再多也是白费口舌。

“但即使拥有念珠的力量，到头来也没能战胜病魔。”另一个男性亲戚意味深长地说，“真一郎其实还想再多活几年吧？他一定心有不甘吧？”

这时聪代突然插嘴："也许并非如此，因为他自己曾说过'幸好得的是癌症'。"

"什么意思？"

"他说过，人总有一死，最希望能老死，再不然就是得癌症，可以一边细细品味所剩无几的寿命，一边走向死亡。对他而言，最不希望因为脑梗塞或蜘蛛膜下腔出血后在失去意识的情况下死去。所以他一直很当心，防止自己患上脑部疾病。"

对此，直树也有同感，他想起之前父亲担心血压太高对大脑不好，所以饮食中一直严格控制摄盐量。

"他还一直都很小心，尽量避免自己遇到事故。"贵美子说，"特别是交通事故。他一直说自己不怕坐飞机或坐船，却害怕坐车。因为他觉得坐飞机或坐船，即使遭遇事故，死前都会有一段时间，但车祸却可能让人瞬间丧命。爸爸说过，如果遇到车祸，很可能什么都还不知道就死了。所以他最讨厌那种死法。"

大家忍不住笑了起来。

"他的价值观好奇怪啊。"

"居然对死法有那么多讲究。"

"工作上那么能干的人居然会有这种奇怪的想法。"

大家议论纷纷，不知从什么时候，水晶念珠的话题被岔开了。听到这里，直树的内心松了一口气。他最怕大家说起有关他作为度会家的继承人应该承担何种责任或义务之类的话题。

5

丧宴结束后，大部分人都已离开，今天夜里，只有直系的家人会留下。直树来到葬礼会场，看到贵美子正坐在父亲的棺材前。

“辛苦你了。”直树说着坐到姐姐身旁。

姐姐回答说：“你也辛苦了。打算什么时候回美国？”

直树喃喃地说：“还没决定，但应该是葬礼结束之后吧。”

“是吗？反正反对你做演员的爸爸已经死了，你现在可以全心全意地追求梦想了。”

“我之前就没把老爷子的反对当回事。”直树说，“我会回美国。但说实话，我觉得差不多快不行了。”

贵美子吃惊地看着直树：“你要放弃做演员？”

“也许吧。我努力了七年，明白了很多事。想在演艺圈里取得成功，光靠努力是不够的，还需要一种天赋，但我没有。”

“你在说什么呀？怎么那么没骨气！当年撂下狠话离家出走时的气魄去哪儿了？”

“因为我现在已经认清现实，这就跟日本人不可能在奥运会百米短跑赛中夺得金牌是一个道理。”

“不是有念珠嘛，那串拥有神秘力量的水晶念珠。从今往后，你就是念珠的主人。”

直树耸耸肩，皱着眉说：“你居然相信那种事。”

“但爸爸也是在爷爷死后大为改变的，我觉得以前的爸爸没那么有胆识。那时候你还小，可能都不记得了。”

直树抬头望着祭坛上父亲的遗像。真一郎那张因为打高尔夫球而晒黑的脸正庄重地被摆在祭坛之上，那微微上扬的嘴角好像马上会冒出嘲笑的言辞，但直树觉得父亲拍这张照的时候应该没打算笑。

“直树。”

直树听到身后有人叫他，只见母亲聪代正朝他走来。

“已过午夜零点。”

直树看看手表，指针确实指着零点零三分。

“怎么了？”

聪代从包里取出一个紫色的袋子和信封。

“这是家里的规矩，一过午夜零点，就得交给你。”

直树站起身，接过母亲递给他的两样东西。他取出紫色袋子里的东西，发现正是那串水晶念珠。整串念珠完美无瑕，反射出一种魅惑的光芒。

信封上写着“遗书　致度会直树”的字样。

直树突然觉得一下子紧张得腋下冒汗，想不出自己该说些什么。

“贵美子，”聪代叫女儿的名字，“让直树一个人待一会儿吧。”

贵美子点点头站起身，朝直树手里的东西瞥了一眼，然后默默地朝出口走去。

“你就留在你爸爸身边，好好读一下那封信吧。”聪代看了一眼棺材，“不打扰你们爷儿俩了。”

“这里面写了什么？”直树拿着信封问。

聪代有些吃惊地“噗嗤”笑了出来：“这种事我怎么会知道？不过——”她回到认真的表情，“有一点我可以非常肯定，里面写的事情，对你的人生非常重要。”

“比如叫我相信念珠的力量？”

“也许吧。”聪代一本正经却轻描淡写地说出这句话后，离开了会场。直树觉得母亲的语气里还带着一点儿挖苦。

直树再次坐回椅子上。信封的封口处非常平整。

他又抬头看了一眼遗像，觉得照片里表情悠然的真一郎似乎正在对他说：“好好读一下吧。”

直树做了个深呼吸，然后用手指捏着信封的一端，小心翼翼地撕开封口。

他取出里面折好的信纸，心想肯定不会写什么大不了的事，但同时又感到自己的心跳越来越快。他慢慢地展开信纸。

信上满满都是真一郎手写的文字。第一行就是："此乃度会真一郎遗书。唯有一人可读此书，此人便是度会直树。"接着是另起一行的"致直树"。直树紧张得想要咽口唾沫，却发现嘴里已经干得全无口水。

致直树：

不知道你现在看这封信的时候是什么心情。你一定以为我写给你的都是老生常谈的说教吧？或是担心我向你灌输一些愚蠢的精神论而心存警戒？你一定觉得已经受够了吧？

不过你放心，这封遗书并非如此。度会家代代相传的致继承者的信，和你想的完全不一样。

这封遗书，简单来说，是一份使用说明。

不用我说是关于什么的使用说明了吧？没错，就是水晶念珠。我必须告诉你该如何使用这串水晶念珠。

我可以想象你那一脸疑惑的表情。你一定在想：怎么又说这种不着边际的话？我猜你已经听亲戚们说过很多你认为只是迷信或幻想的话了。

然而，你不能不信！水晶念珠绝非单纯的护身符或象征。她具有绝对的力量，是一件神秘之物。她的力量远胜过亿万财富。不对，以无法用金钱购买的意义而言，她的价值不可估量。

我的时间不多了，而且我本来也不喜欢卖关子，闲话到此为止。现在开始向你说明究竟如何使用她的力量。

这串念珠具有让时间倒转的力量。

当你双手握住水晶念珠，念诵咒语，就能回到过去。用现代的话来说，她就像一种时间胶囊。这是度会家的传家宝，是整个家族繁荣富强的根源所在，是在危急关头化险为夷的关键法宝。

我猜你可能不信。我父亲告诉我这些的时候我也没信。但这都是真的。我父亲就是凭借这种力量，在那次股市波动中成功地获取了巨大财富。因为他是在知道市场走向的前提下回到过去，将所有财产全部用于购买一支注定大涨的股票。

但这种力量一辈子只能使用一次。而且只能回到过去的某一天。用完这一次之后，直到用过的人死去，下一代继承者才能继续再用。

什么时候、如何使用都可以。你自己决定就好。哪怕用来赌马也行。或者也可以一直留着，以备命悬一线的危难时刻。

你要好好考虑该怎么使用这种力量。当你体会到这种力量有多伟大时，你一定会觉得自己仿佛一夜长大。

当然，我也用了，用在了对我来说人生中最重要的时刻。具体是为何而用，我就不用多说了，总之是一件对我来说很奢侈的事情。

不多废话。和我父亲当年一样，我以此遗书将使用方法告知于你。

我在文末写下咒语。祈祷你能善用此宝。

度会真一郎

6

比守夜会还要盛大的葬礼过后的第二天，直树决定离开家回美国。贵美子与聪代送他到玄关处。

“收拾房间，然后办理其他手续，估计需要一周的时间。等全部弄好了，我再联系你们。”

“等都弄好了，你确定会回来的，对吧？”聪代问。

“我是这么打算的。”

“回日本后打算做什么？”贵美子意味深长地看着直树，“去爸爸留下的公司上班？”

“也是一种可能。不行吗？”

“不会不行。”姐姐摇摇头说，“做你喜欢的就行。”

“你不用担心，我没想过靠遗产坐吃山空，整日游手好闲。”

“这一点我倒是不担心，只是怕你会后悔。”

姐姐的话一下子刺痛了直树的内心，但他并没有把这种痛苦表现在脸上。

“再见。”直树对两人说完后转身离开。

从家到车站后，他坐上在新干线建成前已有的路线上行驶的“在来线”。车上很空，他可以一人独享面对面的四人位软席。

再过二十分钟就可以到达换乘新干线的车站。直树打开旅行包，取出插在内袋里的那只装着遗书的信封。他已经读过十几遍，内容也已全都记在脑子里，但还是忍不住想拿出来再看一下，似乎想确认自己没在做梦。

看完遗书，直树叹了口气。每次读完都是这样。

他也考虑过遗书里写的到底是不是真的，甚至怀疑过这封遗书是不是真的。但那字迹确实就是真一郎的。而且，他父亲本来就不是会在遗书里编故事或讲笑话的人。不只是真一郎，其他人应该也不会在自己的遗书里写一个宛如天方夜谭的故事吧。

换言之，遗书里写的是事实。水晶念珠确实拥有让人回到过去的力量。

在遗书末尾写着十六个日语假名，就是真一郎所说的咒语。十六个字连起来并没有什么明确的句意，但毕竟很短，所以不用费什么劲儿就能记住。事实上，直树早已记住了这句咒语。

他把遗书放回旅行包，伸手在衣服外面摸了摸上衣的内袋。内袋之所以鼓鼓的，是因为里面装着那串水晶念珠。

实在有些难以相信。只能回到过去的某一天——这怎么可能？虽然他也想试试看，但毕竟一辈子只能使用一次，所以不敢贸然尝试。

然而，如果遗书里说的都是真的，那么很多事情就都能讲通了。比如那些年长的亲戚们以及贵美子说过的——曾经胆小的真一郎突然变得胆识过人，争强好胜。

如果放手一搏却以失败告终，那么只要在危急关头回到过去就能重头来过。如果没有失败，就可以继续保留念珠的魔力。换言之，在他人看来觉得可能影响一生、需要作出重大抉择的时刻，对拥有水晶念珠的人而言却并非如此。

直树的爷爷在那场百年一遇的股市波动中一夜暴富。之后，却行事谨慎稳重。按照遗书里的说法，那时候，爷爷已经不能再使用水晶念珠了，所以只能踏踏实实地过日子。

而直树的爸爸真一郎却一直在商界屡屡作出重大抉择。也许是因为真一郎觉得有水晶念珠做“保险”，所以敢于不断挑战。但其实他应该根本没有使用过。

那真一郎究竟是什么时候用了念珠的力量？他在遗书里只说是对他而言很奢侈的事，但并没有具体写明是什么事。

还有一段文字也让直树很在意。关于水晶念珠的用法，遗书里说可以一直留着，以备命悬一线的危难时刻。

守夜的时候，大家说起过真一郎的一些奇怪想法。比如真一郎觉得坐飞机或坐船发生意外时，死前还会有一段时间；但发生车祸的一瞬间，自己可能什么都不知道就死了，所以他会害怕坐车。

如果他确实相信念珠的力量，那这种想法就非常符合逻辑。因为如果坐飞机或坐船发生意外，只要在危急关头使用念珠回到前一天选择不坐就行了。但如果是遭遇车祸当场死亡，那么即使拥有念珠的力量也将回天乏术。

直树又回想起母亲提到过的，说真一郎害怕自己脑部得病，说什么幸好得的是癌症之类的话。那其实也和念珠有关。如果脑部生病，就会失去意识，那样就没法使用念珠；而得癌症的话，至少不会马上失去意识，可以留给自己使用念珠的机会。

如果真是如此，真一郎因为癌症而倒下的时候应该还没有使用念珠。但遗书里又清清楚楚地写着他使用过了。

直树越想越想不通，觉得有太多事情没法弄懂——如果相信念珠真有那般巨大的力量，他就能非常有底气，可以在不成功便成仁的关键时刻毫不犹豫地勇于挑战。但如果这只是一个传说呢？如果深信能回到过去，于是放手一搏，结果却什么都没发生、以失败告终呢？

直树摇摇头，觉得想太多也没用。甚至觉得还是不要相信为好。

比起念珠，他现在更应该考虑的是下一次回国之后的事。放弃做演员的梦想之后，他究竟该何去何从。也许还是去真一郎的公司上班最为现实。

很快，直树所乘的列车到达了可以换乘新干线的车站。他提起旅行包下到站台，朝换乘新干线的地方走去。

他来到新干线的售票口，看到一个身穿西装、四十多岁的男人正在对车站的工作人员大喊大叫——

“如果新干线能按原定时间行驶，我们公司就能签下那份合同。但现在却被别的公司抢走了生意，完全是因为行程的改变。换言之，都怪你们！”男人的声音非常大，情绪也很激动。

“真的非常抱歉。”窗口的男工作人员道歉说。

“如果你们真心认错，就应该不光低头道歉，应该赔偿我的损失！”

“我刚才也向您解释过了，您的这个要求，我们实在没法答应……”

“但你这里不是负责退票吗？”

“是的。但您不是想要退票吧？”

“这位客人，”另一个窗口的男工作人员招呼直树说，“这边请。”

直树朝另一个窗口走去，说要一张前往东京站的乘车券和一张自由席的特急券。

直树买票的时候，那个男人继续在旁边的窗口大发脾气。

工作人员说着：“让您久等了。”把车票递给直树，“这张是乘车券，这张是自由席特急券。”

“够了！”穿西装的男人吼道，“跟你讲也没用，我去找你们站长！”说着气呼呼地走开。

直树一边付钱一边小声问道：“什么事啊？”

“还不是因为上个月发生的那次坠机事件。因为当时新干线停运，据说那位客人因此没谈成生意。”

“坠机事件？”

“嗯，其实我们也是受害者。”

直树觉得因为自己当时在美国，所以什么都没听说。但还是有点儿意外，因为他一直在关注日本的新闻，却没看到过相关报道。

在站台等车的时候，直树用手机上网查了一下刚才工作人员所说的事故。很快，他就找到了相关报道。报道中说，当时有一架民营的小型飞机坠机落在轨道上，新干线因此全线停运。延误时间最长的车次比原定的发车时间足足晚了六个小时。

直树顺便看了一眼日期，不由得大吃一惊。事故发生在上个月十五日，也就是真一郎庆生会的第二天。如果按照自己之前的计划，为了赶一大早飞回美国的航班，那么他当时应该正打算乘坐早班的新干线。

也就是说——

如果当天没有在东京站折返直接回美国，他就会因为新干线的停运而错过航班，最终无法参加那场海选。

他扭了一下嘴，不知道自己算是幸运还是不幸。如果当时错过海选，现在的他恐怕会依然放不下做演员的梦想，会一直想着如果当初自己参加了海选将如何如何，会后悔自己参加了父亲的庆生会，还会懊恼早知如此不如不回日本。

想到这些，他的脑子里突然冒出一个念头。

为什么父亲会知道自己要出席他的庆生会？又为什么会知道自己的电话号码？

直树从口袋里掏出水晶念珠，脑海里浮现出一个想象：也许，父亲当时给他打电话的时候，已经知道二十四小时内会发生的事。

——在女儿想给自己一个惊喜的生日会上，久别的独生子突然出现。父子俩好久没见，一开始有些拘束，但慢慢地尽释前嫌，相谈甚欢，还因此知道了儿子的电话号码。庆生会第二天，儿子离家去美国参加海选。但突然有小型飞机坠机落在轨道上，新干线因此停运，儿子没法回美国，失去了最大的机会——

也许父亲并非提前知道，而是曾经亲身经历！

为了因错过海选而懊恼不已的儿子，父亲决定使用之前从未使用、一生只能使用一次的神秘力量，回到过去的某一天，给刚刚到达东京站的儿子打电话。但他没法说出实情。因为他知道，如果当时在电话里告诉儿子这些事，儿子只会以为他说的是疯话。于是他决定在电话里口出恶言，故意激怒儿子。结果一切如他所料，怒发冲冠的儿子扭头就走，直接回了美国。

但这怎么可能？一定只是偶然！直树双手抱头，他也知道这种想象太离谱。但他越想越确信：这就是唯一的真相。

如果事实真是如此，那个曾经那么反对儿子追求梦想的父亲真一郎，结果却为了他这个儿子，为了帮助这个儿子圆梦，使用了此生唯一一次让奇迹发生的机会。

直树的胸口觉得燥热难安，他想起了遗书上最后一句话：

当你体会到这种力量有多伟大时，你一定会觉得自己仿佛一夜长大。

现在，他终于明白了这句话的真意。念珠所引导的道路，并非只有“为自己而使用”这一条。

直树觉得不能辜负父亲的遗愿，如果不能回报父亲的良苦用心，自己就不配拥有水晶念珠。他对之前那个打算轻易放弃梦想的自己痛恨不已。

这时，站台上响起广播，列车即将进站。

直树赶紧掏出手机，急忙给贵美子打了个电话。

“怎么了？什么事？”姐姐担心地问道。

“我改变主意了。”直树大声说，“我要继续挑战，所以暂时不会回日本，不对，不成功我就不回来！”

听贵美子说了几句话后，直树挂断电话，大步迈入已经进站的列车中。